늦지 않았다

늦지 않았다
© 한명석 2009

초판인쇄   2009년 12월 1일
초판발행   2009년 12월 9일

지은이   한명석
펴낸이   김정순
책임편집   이현정 한아름
디자인   김리영 김성엽
마케팅   정상회 한승일 임정진
펴낸곳   (주)북하우스 퍼블리셔스
출판등록   1997년 9월 23일 제406-2003-055호

주소   121-840 서울시 마포구 서교동 395-4 선진빌딩 6층
전자우편   editor@bookhouse.co.kr
홈페이지   www.bookhouse.co.kr
전화번호   02-3144-3123
팩스   02-3144-3121

ISBN   978-89-5605-402-5 03810

이 도서의 국립중앙도서관 출판도서목록(CIP)은 e-CIP 홈페이지(http://www.nl.go.kr/cip.php)에서
이용하실 수 있습니다. (CIP제어번호 : CIP2009003687)

늦지 않았다

한명석 지음

북하우스

인생 전반전의 최대 결실인 내 아이들,
주홍빛, 홍락에게
인생 후반전의 첫 결실인 이 책을
선물합니다.

내면의 북소리를 함께 듣자

내가 저자를 만난 지는 4년이 가까워온다. 그동안 나는 그녀의 노래를 들었고 그녀가 춤추는 것을 보았고 우는 것을 보았다. 더하여 그녀의 인생이 풀려 흐르는 긴 글을 읽었다. 그러니 긴 세월은 아니지만 제법 많은 것을 지켜보고 같이 한 셈이다. 그녀의 첫 책 출간을 앞두고 추천사를 쓰게 되었다. 첫 책은 첫사랑처럼 작가를 흔들어 어쩔 줄 모르게 만든다. 그 첫 책의 가장 앞에 나오는 추천사를 쓸 수 있다는 것은 정말 특별한 일이고, 나는 이것을 늘 명예롭게 생각해왔다.

그녀가 보내온 원고를 읽어가면서 나는 그녀가 누구인지 더 잘 알게 되었다. 그녀는 그녀 자신이 아닌 삶은 잘 살아갈 수 없는 사람이다. '내가 없는 삶'을 고분고분 참고 지내는 데 익숙하지 않다는 뜻이다. 그녀의 언어를 빌려 그녀가 어떤 사람인지 표현하자면 "스스로 누구보다 독특한 삶을 살고 싶어 했지만 방향성이 부족해서 아무 곳에도 도달하지 못한 사람, 시행착오 리스트가 줄줄이 길어져도 언제고 마음을 따라가는 낭만의 화신, 마음이 움직이지 않으면 꼼짝도 하지 못하는 기질 때문에 계속해서 반복되는 냉정과 열정, 세상에 뛰어들어 코피 터지게 사는 것이 아니라 늘 한 발 떨어져 있는 관찰자" 이게 그녀라고 한다.

그녀의 책은 이리저리 강물처럼 흐른다. 자기 인생의 계류를 타고 흐르는가 하면 타인의 삶의 영역을 거쳐 그들로부터 배워오는 물길 여행을 거쳐 인생의 후반기 선착장에 다다르게 된다. 지금 그녀가 20대의 그녀보다 편안한 까닭을 "이 넓은 세상에서 무엇을 해야 할지 몰라 출렁대던 젊음이 사라졌기 때문"이라고 한다. 젊음은 사라졌지만 체험에서 나오는 여유와 자신감을 갖게 되면서 "감히 아티스트처럼 살기로 작정"했다고 세상에 선언한다.

내가 알고 있는 그녀는 이미 아티스트로 태어났다. 늦게 시작했지만 타고난 필력을 가지고 있고, 무엇보다 빳빳하다. 자신의 내면의 북소리를 따르는 사람이라는 뜻이다. 1919년 헤르만 헤세는 스위스 출신 화가인 쿠노 아미에의 전시에 부쳐 예술가의 정의에 대해 이렇게 말한 적이 있다. "원래는 모든 사람의 일이었으나 계속되는 타락으로 인해 대부분의 사람들이 소홀하게 된 기능을 양도 받은 사람." 이것이 예술가라는 것이다. 나는 이 말이 좋다. 그렇기 때문에 날마다 벌어지는 혼탁한 투쟁의 굉음 속에서 대부분의 사람들에게는 전혀 들리지 않는 소리, 그러나 이미 모든 사람의 마음속에 원래 있었던 그 소리를 속삭이는 사람, 바로 이런 예술가들이 좋은 것이다. 그녀는 그 일을 하겠다고 한다. 나는 그녀가 그 일에 적합한 사람이라는 것을 알고 있다. 오늘 나는 한명석이라는 한 예술가의 탄생을 축하한다.

이 책은 대부분의 사람이 생활에 쫓겨 잊고 있었거나 망실한 마음속 이야기를 들려주기 위한 것이다. 그녀는 먼저 자신을 위해 그리고 모든 사람을 위해 그 이야기를 풀어나가기 시작했고, 나는 그녀의 이야기를 즐겨 들을 준비가 되어 있다. 우리 함께 듣자.

변화경영사상가 구본형

쉰, 잔치는 끝나지 않았다

시인 최영미는 1994년에 "서른, 잔치는 끝났다"를 썼습니다. 이 시집은 청춘과 사회운동, 사랑과 혁명 같은 이질적 요소를 도시적 감수성으로 노래했다고 해서 대형 베스트셀러가 되었습니다. 민중과 사회운동의 한 시대가 끝난 것을 실감하는 많은 사람의 공감을 이끌어내는 데 성공한 것입니다. 정작 저자는 자신의 시집이 그런 의미로 읽힐 줄은 몰랐다고 쓴 것을 보았습니다. 그러니 저자는 순전히 개인적인 의미에서 서른에 느끼는 막막함을 노래했던가 봅니다.

〈서른 즈음에〉라는 대중가요도 있는 것을 보면, 서른이라는 고개를 힘들어 하는 사람들이 꽤 많은 모양입니다. 나 역시 아무것도 확실하게 이뤄놓은 것 없이 서른 고개를 넘기가 너무 힘에 부쳐, 결혼이라는 세계로 서둘러 뛰어든 경험이 있습니다. 하지만 이제 와 생각해보면 서른에 대한 조바심은 하품이 나올 정도로 어이없는 것이었습니다. 쉰을 넘긴 지금에 와 돌아보면 서른은 아기라고 불러도 좋을 정도로 순수한, 비로소 진짜 삶에 들어서는 초입일 뿐이었으니까요. 서른 이후로 정말 많은 일이 일어났습니다. 서른 전에 일어났던 일들과는 비교가 안 될 정도의 변화와 사건들이었습니다. 결혼과 육아와 별거, 창업과 건물 신축과 폐업 등 굵직한 일들을 겪는 사이 나도 모르게 '믿지 못할 나이'에 도달해 있더군요. 어느 날 정신을 차려보니 쉰이라고나 할까요?

나와는 아무런 상관이 없다고 여겨왔던 어르신의 연배가 되었다는 것이 아직도 믿기지 않습니다. 나는 아직 젊습니다. 뿐만 아니라 —스스로 생각하기에는— 젊은 날보다 훨씬 괜찮아졌습니다. 타고난 천성에 연륜에서 얻은 지혜가 더해졌기 때문입니다. 내 안의 기질과 강점이 경험과 통합되면서 나오는 파워를 느낄 때의 기분은 최고입니다.

젊어서는 열정을 어디에 쏟아야 할지 몰라서 자주 혼란스럽고 헛다리를 짚었다면, 이제는 원하는 곳에 정확하게 내 에너지를 집중할 수 있게 되었습니다. 수많은 시행착오로 인해 좀 더 겸손해지고, 다른 사람들을 받아들일 수 있게 되었으며, 세상에 일어나지 못할 일이란 없다는 것을 깨달으면서 포용력도 많이 늘었습니다. 나는 이제껏 살아온 그 어느 시기보다도 나아졌습니다. 그런데 세상은 그렇게 생각하지 않는 것 같습니다.

세상에는 온통 젊음에 대한 칭송뿐입니다. 젊다 못해 어리기까지

한 연예인들이 점령한 TV에서 나이 든 사람들은 늘 주책없거나 탐욕스러운 역할로 그려집니다. 직장에서는 알게 모르게 뒷전으로 밀려나는 느낌이더니, 명퇴라는 이름으로 확인사살당합니다. 가정에서의 위치도 예전 같지 않습니다. 성장한 자녀들은 자기 세상으로 달려가기에 바빠, 이제 나의 조언 같은 것은 상관없다는 태도를 보이기도 합니다. 주변에서 지극히 성가신 '노땅' 취급을 받고 나면 거의 경악할 지경입니다. 내가 생각하는 나와 외부에서 생각하는 내가 다르다는 것을 알아차렸을 때, 나는 심각한 정체성의 혼란에 빠졌습니다. 대체 어떤 것이 진짜 내 모습일까요.

저는 서둘러 중년에 대한 책들을 후벼 파기 시작했습니다. 책은 언제나 가장 좋은 준거의 틀이었으니까요. 다행히도 책 속에서 '중년'이라는 것이 우리 생각보다 훨씬 중요하고 의미심장한 시기라는 것을 깨달을 수 있었습니다. 내가 겪는 정체성의 혼란이 심리적으로나 사회적으로 당연한 수순이었을 뿐만 아니라, 그 혼란을 성공적으로 극복하고 나면 엄청난 잠재력의 폭발이 이루어진다는 것도 알았습니다.

그런데 이제껏 중년이 사회적으로 찬밥 신세를 면치 못한 것은 젊은 사람의 시선에 기준한 역할 규범이 우리 사회에 팽배하기 때문입니다. 개성 없고 무기력하며 우스꽝스럽고 탐욕스러운 중년의 이미지는 사실 무지에서 출발한 것입니다. 자기가 직접 겪어보지 못한 연령대를 속속들이 이해할 수 있는 사람은 없습니다. 게다가 사회적으로 중년에 대한 이야기가 그다지 많지 않으니까요. 젊음에 대한 이야기는 정말 많습니다. 젊음의 도전과 영광, 방황에 대한 시와 소설, 연극과 영화 등이 차고 넘칩니다. 그래서 우리는 젊은 날의 의미와 젊음에 대해 거는 기대, 젊은 날에 거쳐야 할 통과의례에 대해 정말 잘 알게 되었습니다.

하지만 중년에 대해서는 상황이 다릅니다. '중년' 하면 '위기'라는 말이 자연스레 따라올 정도로, 수상쩍은 일탈의 사연들을 빼고는 중년에 대해 알려진 것이 거의 없습니다. 중년의 허망함을 노래하는 대중가요, 중년의 혼란을 문제 삼는 연극, 중년의 도전과 성취를 그린 소설 같은 것은 없습니다. 중년에는 이러이러해야 한다는 문화적 지침 자체가 없다 보니, 중년에 이루어야 할 일과 성취의 의미가 사라집니다. 『노년의 문화인류학』의 저자 정진웅 교수의 표현에 따르면 삶의 문화적 각본이 사라지는 셈이지요. 이런 상황에서 나이 들어가는 사람들이 막막한 심정이 되는 것은 당연한 일인지도 모릅니다.

나이에 대한 이런 통념 때문에 우리 문화가 조로(早老)한다고 생각합니다. 겪어보지도 않은 나이를 미리 짐작한, 젊음의 기준에 따른 허상 대신, 지금 그 시점을 통과하고 있는 사람들이 직접 겪은 중년에 대한 이야기들이 사회적으로 활발히 공유되어야 합니다. '쉰의 출발'과 '예순의 감수성'을 다룬 책과 노래가 많이 나와야 합니다. 중년 세대 스스로도 외부에서 주어진 이미지를 그대로 수용하는 것이 아니라, 스스로 우리를 이름 지어야 합니다.

나이 든다는 것은 누구에게나 낯선 경험입니다. 한 발 먼저 그 땅을 밟은 사람들의 심리와 정서, 가족과 사회, 도전과 좌절과 성취에 대한 이야기가 많이 축적되어 있다면, 뒤따라오는 사람들에게 아주 유용한 이정표가 되겠지요. 중년이라는 시기에 대한 '명예 회복'은 우리 삶을 좀 더 온전하게 만드는 일이기도 합니다. 인생의 어느 한 시기, 그것도 아주 짧은 한때에 지나지 않는 젊음의 시기만을 제대로 된 삶으로 여기고 그 나머지는 '쇠퇴'로 규정하기에는 인생이 너무 길어졌습니다.

나이 들어가면서 지속적인 삶의 보고서를 쓰는 일은 15년 전 "서른, 잔치는 끝났다"는 도발적인 선언을 남겼던 시인을 포함한 우리 모두의 의무입니다. 삶의 모든 시기에는 의미가 있으며, 우리는 살아 있는 한 삶의 주인이기 때문입니다.

이 책은 그런 생각을 가지고 쓴 첫 번째 책입니다. 저는 앞으로도 계속해서 중년의 의미를 캐고, 중년의 도약을 격려하는 책을 쓰고 싶습니다. 함께 나이 들어가는 우리 시대의 중년들 중 이 책을 통해 단 한 분이라도 새롭게 출발할 수 있다면 저는 정말 행복할 것 같습니다. 시간은 충분합니다. 또 한 번 살아도 될 정도의 시간이 남아 있으니까요. 연륜도 충분합니다. 젊은 날의 열정을 조금만 더 유지할 수 있다면 우리는 다시 한 번 정상에 도달할 수 있습니다. 쉿, 잔치는 끝나지 않았습니다.

차례

제1장
길어진 인생을 따라 '최선의 나'를 찾다

제1장

길어진 인생을 따라 '최선의 나'를 찾다

사실 따져보면 내가 성인이 되어
이제까지 생활해온 시간과 똑같은 시간이
또 한 번 남아 있다.
삶에 관한 아무런 지식 없이,
겁 없이 저지르며 산 전반생에도
그토록 많은 경험과 교훈을 얻었는데,
내 걸음걸이를
계획하고 의식하고 점검하며 걷는 후반생은
두 배 이상의 밀도와 의미가
있을지도 모른다.
남아 있는 시간은
결코 짧은 시간이 아니다.

보라
'멀티라이브즈'의
시대가
도래하리니

인생은
충분히 길다

살아보니 인생이 참 길다. 시인 비스바와 쉼보르스카는 〈우리 조상들의 짧은 생애〉라는 시에서 '무슨 일을 덧붙이기에 인생은 늘 짧다'고 했지만, 살아보니 그렇지만도 않다. 인생이 참 길어졌다. 저지를 수 있는 일은 다 저지르고, 겪을 수 있는 일은 다 겪어서 이제 무슨 일이 남아 있으랴 싶은 순간에도, 인생은 예측을 뛰어넘어 새로운 페이지로 이어졌다.

내 유년기의 가장 오래된 기억은 초등학교 입학식 날의 한 장면이다. 어머니들끼리 친구였던 신옥이와 나는 똑같은 옷을 입고 나란히 서 있었다. 목둘레와 손목에 털이 달린 빨간 코트였다. 칼라 아래 달린 리본 끝에는 공 모양의 둥근 털 장식이 달려 있었다. 남자아이들은 빨간 코트의 둥근 털 장식을 잡아당기며 신옥이와 나를 쌍둥이라 놀려댔다.

그리고 초등학교 2학년 때였나 보다. 교과서에 실린 그림을 보다가 아주 특별한 경험을 했다. 조그만 시냇가에서 아이들이 모래로 둑을 쌓으며 놀고 있는 그림을 보는 순간 가슴 속에 잔잔한 희열이 번지는 게 느껴졌다. '아, 참 좋겠다. 나도 저렇게 놀아봤으면…' 하는 부러움도 함께. 아마도 자연을 보며 느낀 내 인생 최초의 일체감이자 평화였던 것 같다.

그런데 세월이 이만큼 흐르고 보니 내가 그런 일을 정말 겪었는지 의심스러워진다. 은은하게 가슴에 퍼지던 따뜻함과 그리움 같은 원초적인 느낌은 사라지고, '그런 일이 있었지' 정도의 기억에 대한 기억만 남게 된다. 성인이 된 뒤의 기억도 마찬가지이다. 육아 기간은 인생 최고의 절정이라고 할 정도로 가슴 벅찬 시간이었는데, 막상 아이들이 훌쩍 커버린 지금에 와서는 '내가 정말 이 아이들을 키운 게 맞나?' 하는 생각이 들 때가 있다. 앳되기만 하던 딸의 얼굴에서 얼핏 성숙한 여자가 느껴지거나 아들이 제법 노숙한 청년으로 보일 때, 문득 가슴이 아리다. 아이들이 대견한 한편 살짝 낯설기도 한 틈새로 세월이 이렇게 빠르구나 싶으면서, 혹시 좋은 시절이 다 지나간 것은 아닐까 하는 회한이 끼어든다.

어리둥절한 순간
시작되는 진짜 인생

누구나 스스로의 인생을 돌아보면 그렇듯, 나 역시 참으로 우여곡절이 많은 삶이었다. 이미 검증되어 안전한 길을 따라가기보다 마음 가는 대로 가기를 고집했다. 대학 내내 농촌봉사활동에 빠져 지냈고, 졸업식도 하기 전부터 시골로 내려가 농사를 지었다. 그리고 급기야 중학교 중퇴 학력이 전부인 농사꾼과 결혼을 했다. 하지만 즐거움도 잠시, 8년간 아이들을 키우며 농사를 지어보니 현실은 너무 힘들었다. 그러다가 우연찮게 읍내에 보습학원을 차릴 생각을 하게 되었고, 몇 년간 학원을 운영해보니 '나도 할 수 있겠다' 싶고 무서울 게 없어 학원 운영 4년 만에 맨 손으로 2층 건물을 지어 학원을 확장했다.

세월은 쏜살같았다. 어느 날 정신을 차려보니 실감할 수 없는 나이에 도달해 있었다. 이런 게 삶인가? 더구나 이게 다인가? 어리둥절하고 황망했다. 하지만 그토록 당혹스러운 찰나에 또 다시 살 길을 찾게 되는 게 인생인 모양이다. 그런데 그 길이 진짜였다. 인생의 전반전을 지나오면서 나를 알고, 겸손해지고, 절박해진 탓이다. 살아가는 맛을 알게 된 덕분이다.

사실 따져보면 내가 성인이 되어 이제까지 생활해온 시간과 똑같은 시간이 또 한 번 남아 있다. 삶에 관한 아무런 지식 없이, 겁도 없이 저지르며 산 전반생에도 그토록 많은 경험과 교훈을 얻었는데, 내 걸음걸이를 계획하고 의식하고 점검하며 걷는 후반생은 두 배 이상의 밀도와 의미가 있을지도 모른다. 남아 있는 시간은 결코 짧은 시간이 아니다.

오죽하면 정신과 전문의 이시형 박사가 칠십이 넘어 강원도 홍천에 '힐리언스 선(仙)마을'을 건립하면서 "이 나이까지 이렇게 건강하고 활동적일 줄 알았다면 인생설계를 달리 했을 것"이라고 한탄했겠는가. 그저 성공적으로 쇠퇴만 하기에는 너무나 길고, 너무나 중요한 시간이 남아 있는 것이다. 우리는 원하기만 한다면 다시 한번 정상에 올라갈 수 있다. 젊은 시절의 열정을 조금만 더 유지하기만 한다면.

여자의 서른,
남자의 마흔

소문에 의하면 여자는 서른을 제일 힘들게 넘긴다고 한다. 나도 그랬다. 이제 서른 고개를 넘어서는 순간 하루아침에 기성세대로 편입되어 더 이상 가슴 설레는 출발이나 도전 같은 것은 없을 줄 알았다. 생각만 해도 하품 나오는 아저씨 아줌마가 되고 말 것 같았다. 그렇다고 반드시 이루고 싶은 꿈이 있는 것도 아니고, 부모님 집에 얹혀 지내기도 싫어 하루하루를 '젖은 짚단 태우듯' 죽여나가던 그때, 내가 쓸 수 있는 카드는 결혼밖에 없었다. 생각해보라. 결혼만 하면 남편이 생기고 아이들이 생기고 집도 생기고, 더 이상 애들 취급을 받지 않아도 된다. 도시 여자와 시골 남자, 많은 사람이 반대하는 흔치 않은 결혼이었다 해도 나의 결혼 역시 마찬가지로 '훌륭한 도피처'였다.

한편 남자들은 마흔을 통과할 때가 제일 어렵다고 한다. 마흔을 지나면서 우울증에 빠질 정도로 호된 성장통을 앓았다는 남성들을 많이 보았다. 사십대 남성들의 심리를 한마디로 집약하는 단어는 '바람'이라고 한다. 못다 이룬 꿈에 대한 태풍 같은 바람! 남자들의 심정을 속속들이 아는 데에는 한계가 있겠지만, '마흔을 통과하는 것은 마치 음속을 넘어서는 것과 같다'는 누군가의 통찰을 접하면서 조금이나마 그 심각함을 짐작해볼 수 있었다.

이제 와서 생각하니 서른은 아주 싱그러운 나이였다. 어느 정도 나 자신과 사회생활에 대해 알게 되고 경제적으로 자립했으되 커다란 부담은 없는 시기이기 때문이다. 모호함과 방황으로 점철되는 20대에 비해 젊음은 더욱 원숙하고 아름다워진다. 일과 결혼 또는 공부 중 한 가지를 선택해야 하는 상황이 올 수도 있고, 아니면 동시에 여러 마리 토끼를 모두 잡기 위해 인생의 큰 축을 결정해야 하는 긴장이 있지만, 지나고 보니 그 긴장조차 싱그럽다. 모든 것을 자유의사로 선택하고 그 결과를 지켜보는 스릴이 있기 때문이다. 이처럼 주도적으로 자신의 인생을 그려나갈 수 있는 시기, 서른은 인생의 하이라이트이다. 서른이 지닌 이런 의미는 하나도 모른 채, 그저 벗어던지려고 급급했던 것을 생각하면 안타까울 뿐이다.

마흔은 또 어땠던가. 마흔은 자신의 정체성과 인생의 의미에 대해 본격적인 질문을 던지게 되는 제2의 사춘기이다. 이제까지 살면서 무엇을 이루었는지, 이것이 내가 원하는 삶인지 총체적인 점검을 하다 보니 많은 전환이 오기도 한다. 멀쩡하게 다니던 직장을 관두고 다시 공부를 시작하거나 창업을 하는 사람도 있고, 홀연히 여행을 떠나거나 운동을 시작하기도 한다. 외도나 별거라는 형태로 변화를 경험하는 경우도 있다. 이 모든 변화가 중년에 진입하며 자신의 인생을 재구성하려는 안간힘에서 비롯되는 것이다. 이런 변화를 맞이하기까지 본인은 물론 주위 사람까지 엄청난 스트레스에 시달리겠지만, 지나친 일탈만 아니라면 그 역시 괜찮다. 그동안 사회적으로 정의된 의무와 역할 규범에서 벗어나 내면의 목소리를 찾아가는 과정이기 때문이다.

나 역시 사십대에 정말 많은 변화를 겪었다. 학원 건물 신축과 별거와 학원 폐업이 모두 한꺼번에 사십대에 일어났다. 무언가 내 안에서 꺼내달라고 칭얼대는 느낌을 받은 적도 있었다. 그것은 분명 표현에의 의지였다. 자꾸 토막말이 써져서 낙서를 일삼다가 시집을 읽기 시작했다. 3년간은 시집만 읽었다. 하도 읽으니까 시 비슷한 것이 나오기도 했다. 막 별거를 시작하고 운영하던 학원이 불경기라 한창 힘들 때였는데, 내가 읽거나 쓰는 시들이 커다란 위로가 되어주었다. 밥 한술 뜨지 못할 정도로 가슴이 꽉 막혀 있다가 마음에 드는 시구를 만나 마음이 풀려 밥을 먹은 적도 있다.

　화냥년 개짐 풀듯 참꽃이 핀다

꽃술에 붉은 반점, 요염한

따 먹어도 먹어도 허기지는 꽃

너와 내가 한 시절 몸을 섞다 간다면

그 자리엔 무슨 꽃이 불타오를까

꽃방망이 줄게 이리 온!

시인이 참꽃에게 능청맞게 수작을 붙이는 모양새가 하도 재미있어서 깔깔 웃고 나니 기운이 솟아나는 것 같았다. 특별한 의식도 없이 아무것도 모르고 중년이라는 통과의례를 톡톡히 치른 셈이다.

그 시절을 먼저 지나오고 보니 여자의 서른, 또는 남자의 마흔을 통과하며 힘들어하는 사람을 보면 슬그머니 웃음이 난다. '결혼에 대한 강박관념에서만 벗어나면 서른은 더할 나위 없이 좋은 나이야, 인생을 전체적으로 보고 지금을 즐겨!' '으음, 마흔에 도약해서 성공하면 모범 코스라고 할 수 있지' 하는 마음이 된다.

늙은 쥐가 낫다
–연령차별주의의 폐해

다 지나왔다는 것이 이렇게 여유로운 것일 줄 몰랐다. '늙은 쥐가 낫다'는 속담이 있다. 젊은이의 총기나 열정보다 연륜에서 오는 체험이 한 수 위라는 의미일 텐데, 이 속담의 의미를 인정하게 되는 것 역시 체험 덕분이다. 나이 서른, 나이 마흔을 지나고 보니, 아무리 좋은 교훈도 직접 체험으로 걸러져야 진짜 내 것이 된다는 것을 확실히 깨달았기 때문이다. 따져보면 부모님과 선생님들의 훈계와 책 속에 좋은 이야기들이 얼마나 많았는가? 우리는 결코 그 사실들을 모르지 않는다. 하지만 어떤 인생철학이든 체득하기 위해서는 단순한 '이해'만으로는 안 된다. 내 발등을 찍는 시행착오와 뼈를 깎는 회한 속에 직접 체험을 통해 깨달아야 한다. '이해'가 아니라 '각성'을 해야 비로소 진정한 내 것이 된다.

그러나—나를 포함해서—뭐든 직접 겪은 다음에야 배우는 사람은 어리석은 사람일 것이다. 현명한 사람은 극단적인 체험을 하지 않고도 인생의 비밀을 깨닫는 사람이 아닐까. 앞서 살아간 사람들의 체험이 필요한 것도 그런 이유에서다. 연장자의 경험이라는 거울에 비춰 인생을 전체적으로 보고 큰 그림을 그릴 수 있기 때문이다.

인생을 큰 그림으로 보게 되면 이로운 점이 많다. 우선 내 나이의 의미를 깨달을 수 있다. 내가 원하는 삶을 살기 위해 지금 시점에서 무엇을 해야 하는지가 명확해진다. 내가 통과하고 있는 지점의 좌표를 정확히 인지하면 내가 처한 상황에 함몰되지 않는다. 한두 번의 좌절에도 굴하지 않고, 실패와 고통을 자양분 삼아 계속해서 삶을 다듬어갈 수 있게 된다. 서른이나 마흔처럼 시기적인 변곡점, 혹은 실직이나 파산, 사고나 별거 같은 상황적인 변곡점 하나만으로 인생이 결정되지는 않는다는 것을 알게 되기 때문이다.

그렇게 되면 우리 사회에 만연한 '연령차별주의'에서도 벗어날 수 있다. 우리는 자기 나이를 기준으로 상대를 판단하는 망령에 사로잡히기 쉽다. 자신보다 열 살만 많아도 외계인 취급을 하는 식이다. 특히 나이 든 사람에 대한 지독한 편견은 심각한 수준이다. 나이 든 사람은 나이 든 대로 저마다의 욕구를 가지고 있는 자연인인데, 그런 현실을 외면하고, 그저 사회에서 주어진 역할만 묵묵히 수행하기를 바란다. 나이 든 사람에게는 무엇을 새롭게 성취할 기회도 기대치도 주어지지 않는다. 그들과 흉금을 털어놓고 대화를 나눌 생각도 없다. 그저 한 쪽으로 밀어놓고 의례적인 어르신 대접을 할 뿐이다. 물론 나도 마찬가지이다.

몇 년 전에 칠순의 어머니께서 얼굴의 점을 빼신 것을 보고 속으로 흉을 본 적이 있다. 나의 그런 시각 역시 연령차별주의에서 나온 것임을 깨닫고 나는 마음속으로 어머니께 용서를 구했다. 지금 같으면 '뭘 그 연세에 점을 빼시나, 그냥 사시지…'라고 하지는 않았을 것이다.

우리 사회의 젊은이 위주 문화는 극단적이다. 정희진이 『페미니즘의 도전』에서 말한 것처럼, 사람들의 용기와 소망과 상상력은 나이에 따라 철저히 제한되어 있다. 연령차별주의는 어찌나 세심하고 강력하게 우리 삶을 지배하고 있는지, 따로 계엄령이 필요 없을 정도이다.

구구팔팔
실버타임즈

　　　　나이 듦에 대해 관심이 많다고는 해도 나 역시 한동안 내 나이를 기준으로 생각하는 버릇에서 벗어나지 못하고 있었다. 그러다가 『실버타임즈』(http://blog.naver.com/silvernp)를 알게 되었다. 『실버타임즈』를 처음 접하는 순간 머리를 한 대 세게 얻어맞은 듯한 기분이었다.

　『실버타임즈』는 고양시 일산 노인종합복지관에서 발행하는 월간 신문이다. 2000년 11월에 창간되었으며, 매달 5,000부를 발행하여 관련 단체나 대학 등에 배포한다. 무가지이지만 그 수준은 전국지를 능가한다. 그럴 수밖에 없는 것이 상당한 경륜의 전문가들이 만들기 때문이다. 초대 편집국장 윤호중 씨는 『새벽』지 편집국장을 거쳐 서울특별시장 공보관을 지냈고, 전직 성우인 김지원 씨, 여성신문사 영동지사장을 지낸 이순희 씨, 『사상계』 편집부 기자이자 소설가인 이전애 씨 등이 기자로 활동한다. 역시 기자로 활동하고 있는 서종원 씨는 은퇴한 후에 『인연』이라는 소설을 펴낸 작가이기도 하다.

　『실버타임즈』를 펴내는 인력은 모두 9명인데 그중 80대가 2명, 70대가 5명, 그리고 60대가 2명이다. '인생 이모작'을 넘어 '다모작'의 시대가 도래했음을 몸소 증명해 보이는 분들이다. 인생 경륜과 전문성을 바탕으로 사회에 기여하는 취미집단이자 준전문가 집단으로 손색이 없다. 『실버타임즈』와 같이 노년 세대가 직접 노년

을 대변하는 미디어가 널리 확산될 경우, 시니어 집단의 사회세력
화를 이끄는 언론 역할을 하게 될지도 모른다. 이들의 구호는 '구구
팔팔'이다. 99세까지 팔팔하게 살자는 것이다. 실제로『실버타임
즈』의 논설위원인 정광복 씨는 부인과 공저로『이제 겨우 80이다』
라는 책을 펴내기도 했다.

　『실버타임즈』는 내게 신선한 충격이었다. 쉰이 넘어 저술과 강연
을 주로 하는 프리랜서를 꿈꾸는 내게는 단비 같은 정보였다. 덕분
에 평생현역에 대한 확신을 굳힐 수 있었다. 시간은 충분하다. 마흔
이나 쉰에도 자신이 원하는 일에 도전할 만한 시간은 충분하다. 섣
불리 지치거나 포기하지 않고 전문성을 키우면서 차근차근 도전하
면, 언제고 내가 원하는 일을 할 수 있다. 사회가 분화되면 분화될
수록 '나이'라는 변수의 영향력은 희박해지기 때문이다. 만에 하나
직업으로 연결되지 않는다 해도『실버타임즈』의 사례처럼 자원봉
사 차원에서라도 일할 기회가 있다. 중요한 것은 삶의 목표가 있고,
그 덕분에 하루를 힘 있게 꾸려갈 수 있다는 점이다. 그대, 진정으
로 하고 싶은 일이 있다면 나이를 핑계로 포기하지 말라.

평생 현역의
multiful-lives

　　　　　구구절절 흔치 않은 경험을 하며 인생의 모퉁이
마다 나름의 의미들을 발견하고 나니, 소중한 은유를 하나 갖게 되

었다. 인생은 천천히 흘러가는 강물이다. 폭우가 오면 흙탕물이 되는 수도 있고 때로 범람하여 홍수를 일으키기도 하지만, 그것이 강물의 본래 모습은 아니다. 한여름 소란스러운 피서객이 훑고 가면 고성방가와 쓰레기로 몸살을 앓기도 하지만, 그것조차도 강물에 다 씻겨간다. 조그만 마을과 나루터, 갈대숲을 지나가지만, 그곳이 강물의 목적지는 아니다.

인생도 강물처럼 어떤 환경이나 특별한 시기, 하나의 장소에 고착되지 않는다. 20대의 워밍업, 30대의 하이라이트, 40대의 중추부를 지나고도 삶은 쭉 계속된다. 젊은 사람들이 생각하기에는, 그 나이에는 무슨 재미로 살까 싶은 때에도 얼마든지 즐거움과 도전이 가능한 것이다. 50대에도 새롭게 도전할 수 있고, 60대에도 인생을 즐길 수 있다. 물론 그 이후에도 마찬가지이다.

전통사회에서는 한 인간이 택할 수 있는 인생경로가 한정되어 있었다. 결혼이든 직업이든 한번 결정하면 죽을 때까지 지속되는 것으로 여겨졌다. 한 개인의 생활공간도 지극히 한정되어 있었다. 10년 전에 돌아가신 시어머니께서는 평생 동구 밖을 나가본 적이 없으셨다. 근력이 있으신 동안 걸어서 오일장에 다니신 것이 평생 외출의 전부였다. 자손들이 외지로 나가 정착했지만 자손들 집에 한번 가보지 못하셨다. 워낙 차를 탈 일이 없다 보니 차멀미가 극심하셨던 탓이다.

직업적인 측면에서도 마찬가지다. 내 아버지께서는 평생 동안 한가지 직업에 종사하셨다. 열다섯 살에 사환으로 시작하여 직원을 거처 독립하여 자영하기까지 60년에 가까운 세월을 한 가지 일만 하셨다. 전통사회에서는 아버지뿐만 아니라 많은 분들이 그랬을지도 모른다. 사회가 덜 분화되고 변화의 속도가 빠르지 않았기 때문이다. 요즘은 시골 노인들도 해외여행이 먼 나라 이야기가 아니다. 외국에 나가 사는 자녀들이 많아지면서 방문할 기회도 늘어났다. 최근 몇십 년 동안 우리 사회가 변화하는 속도는 어지러울 정도이다.

가정만 해도 핵가족에서 태어난 아이는 부모가 이혼할 경우 '한부모 가정'에서 자라게 된다. 갈라선 부모가 재혼이라도 하면 가족은 다시 확장되고, 그러다 독립해 혼자 살 수도 있다. 남자친구 또는 여자친구와 동거를 할 수도 있으며, 아이 딸린 이혼남이나 이혼녀와 결혼하지 말란 법도 없다.

직업적인 측면을 보자면 이제 평생직장의 개념은 사라졌다. 직장이 아니라 직종 자체를 넘나드는 경우도 많다. 최근 쟁점이 되었던 로스쿨에 관심을 보인 사람들은 전공 불문 나이 불문이었다. 2008년에 있었던 법학적성시험(LEET)에 지원한 10,960명 중에는 이공계 출신이 20퍼센트에 육박했다. 이미 전문직으로 인정받는 의학 또는 약학 전공자도 340명이나 되었으며, 41세 이상 지원자는 576명이었다.

3년간 로스쿨에 다니기 위해서는 등록금과 기회비용을 포함해서 거액을 투자해야 한다. 로스쿨 입학시험도 만만한 것이 아니거니와 로스쿨 수료 후에도 변호사 시험과 취업 관문을 뚫어야 한다. 하지만 많은 사람들이 40대 후반에라도 전문직을 갖기 위해 길고 험난한 과정을 선택했다. 이 모든 게 충분히 길어진 인생을 따라 가능해진 장기 투자인 셈이다. 직업을 전환하기 위해, 혹은 전문성을 보강하기 위해 끊임없이 학습하고 이동하는 잡노마드의 시대가 된 것이다.

공간의 이동도 활발해졌다. 요즘은 정말이지 글로벌이라는 말이 실감난다. 거리와 시장, 관광지나 지하철 등에 외국인이 넘쳐난다. 배낭여행, 교환학생, 어학연수, 워킹홀리데이, 해외근무, 기러기아빠, 국제결혼, 취업이민, 은퇴이민 등으로 국경의 문턱이 낮아지고, 전 세계를 무대로 취업과 사업을 하게 되었다. 한마디로 다문화가 공존하는 시대가 되었다.

가족과 직업, 공간의 변화가 폭발적으로 이루어지는 현대에는 하나의 직업은 물론이요, 하나의 정체성을 갖고 살아가기도 어려운 시대가 되었다. 'life'가 아닌 'multiful-lives'가 된 것이다. 이처럼 길어지고 변화무쌍한 인생을 살아가기 위해서는 내가 튼튼해야 한다. 끝까지 나의 삶을 주도하려면 나의 가치관과 판단력, 삶에 대한 의지와 철학이 확고해야 한다.

한 사람이 타고난 별자리에는 굉장한 성공과 굉장한 실패의 운이 동시에 함께 들어 있다고 한다. 나는 진심으로 그 말을 믿는다. 타고난 나의 성향을 이렇게도 저렇게도 발휘할 수 있으며, 그렇게 반복되는 선택과 결단들이 나의 삶을 결정짓는다는 것을 깨달았기 때문이다. 결국 나의 운명을 만들어나가는 것은 별자리가 아니고, '나'라는 이야기이다. '수명연장시대'에 다시 한 번 '나'의 실체가 중요해지는 이유이다. 굽이굽이 길어진 인생의 고비마다 삶의 양태

를 결단하는 기준이, '나 자신에게 의미 있는 것' 외에 무엇이 있을
수 있겠는가?

비행기에 탔을 때

비상시에 대비하여 승무원이 알려주는

주의사항을 떠올려보라.

기내의 압력이 줄어들기 시작하면

'내'가 먼저 마스크를 쓰고

그 다음에 아이에게 씌워주라고 한다.

아이가 아무리 사랑스럽고 귀한 존재라 해도

아이에게 먼저 씌워주라고 하지 않는다.

내가 기운이 남아 있어야

아이를 보살필 수 있기 때문이다.

나르키소스가 세상을 돕는다

예식장에서 도망치는 여자

결혼식장에서 도망치는 것으로 유명해진 여자가 있다. 한 번도 아니고 세 번씩이나, 번번이 주례사가 시작되기도 전에, 웨딩드레스 차림으로 냅다 도망치는 여자 매기 카펜터. 90년대 로맨틱코미디 영화의 아이콘이었던 줄리아 로버츠가 〈런어웨이 브라이드*Runaway Bride*〉에서 그려낸 인물이다. 그녀의 묘한 행각을 비난하는 칼럼을 썼다가 해고를 당한 신문기자 아이크는 매기가 줄행랑을 치는 진짜 이유를 파헤침으로써 실추된 자신의 명예도 회복할 겸 매기의 네 번째 결혼식장으로 향한다. 그런데 뜻밖에도 단서는 '계란 요리'에 있었다.

운동선수인 약혼자가 계란 흰자로만 오믈렛을 해달라고 주문하자 매기도 똑같은 것을 주문한다. 이 모습을 지켜본 아이크는 문제의 핵심을 간파한다. 그 길로 아이크는 매기에게 버림받은 옛 신랑들을 찾아가 그녀가 어떤 계란 요리를 좋아하느냐고 물었다. 그들은 하나같이 그녀가 자신이 좋아하는 것과 똑같은 계란 요리를 좋아한다고 대답했다.

누군가는 "매기도 나처럼 계란 프라이를 좋아하죠." 누군가는 "매기는 나랑 똑같이 소금, 후추, 회양잎 가루를 뿌린 스크램블드에그를 좋아하죠." 누군가는 "그녀도 나처럼 계란찜을 좋아하죠."라고 대답한 것이다.

만나는 남자에게 자신을 맞추려 노력하다 보니, 매기는 계란 요리조차 자기 취향대로 고르지 못하게 된 것이다. 그러고는 막상 결혼식장에 서면, 자기 자신이 없다는 사실이 두려워지면서, 자기 감정이 진짜인지 의심스러워 도망을 치곤 한 것이다. 매기 역을 맡은 줄리아 로버츠가 여덟 가지 계란 요리를 쭉 늘어놓고 하나하나 시식해보며, 자신의 진짜 취향을 탐색하는 장면이 무척 인상적이었다.

'자기를 잃어버린 여자'에 대해 이만큼 훌륭한 상징이 있을까. 주위를 둘러보면 많은 여자들이 자기 자신을 존중하는 것에 대해 배우지 못했음을 확인할 수 있다. 어려서는 '여자다워야 한다'는 명분 아래, 성장해서는 다른 사람을 돌보아야 하는 역할 배정으로 자신보다는 다른 사람을 먼저 배려할 것을 강요받는 것이다. 그래서 '자기다움'을 발견하려는 여자들은 불필요한 죄책감을 갖기도 하고, 남다른 어려움을 겪기도 한다.

남녀를 막론하고 우리는 누구나 매기처럼 자신이 좋아하는 계란 요리가 무엇인지 정확하게 탐색해 알아낼 필요가 있다. 내가 무엇을 좋아하는지, 무엇을 하며 살고 싶은지, 무엇을 할 때 가장 즐거운지 알아야 한다. 상대가 소중한 사람이라고 해서 무조건 상대의 취향에 맞추다 보면 내가 없어진다. 그렇게 되면 아마 상대방도 부담스러워하지 않을까. 우선 '나'를 세워야 '너'를 만날 수 있는 접점이 생긴다. 내가 없으면 상대방에게 집착하거나 흡수될 수밖에 없고, 이런 만남이 건강할 리 없다.

'자아'는 궁극적인 현실

사람들은 나의 결혼이 실패했다고 생각할지도 모른다. 그러나 나는 그렇게 생각하지 않는다. 나는 결혼을 선택했다가 더 이상 결혼 생활을 유지할 이유를 찾지 못해 결혼에서 빠져나왔을 뿐이다. 어느 정도 살아본 사람들은 외형적인 결혼의 울타리 안에 얼마나 천차만별의 모습이 숨어 있는지 잘 알고 있다. 빈 쭉정이만 남은 결혼이라면 청산하는 것도 용기이다. 흔치 않은 결혼 생활을 하며 나는 다시 한 번 나의 기질을 확인할 수 있었다. 내가 어떤 사람인지를 확인하고 나니 마음이 편안해졌다. 앞으로 더욱 강력하게 나다움을 추구할 수 있을 것 같았다.

뒷심 없이 크게 창업해본 경험에서는 이런 것을 배웠다. 창업이나 '커다란 것'에 대한 환상이 사라졌다. 작아도 실속 있는 일이 최고이며 구색 맞춘 하드웨어는 허깨비라는 것, 될 일은 반드시 되게 되어 있으니 섣부른 투자를 하거나 조바심을 낼 필요가 없다는 것을 알게 되었다.

인생의 터닝포인트를 맞이했을 때 나는 완전히 빈손이었다. 어렵게 학원을 정리하고 대학생이 된 딸애의 학교를 따라 수도권으로 이사를 했으나 할 일이 없었다. 남편도 없고 돈도 없고 집도 없고 직업도 없었다. 비상금을 다 쓰고 적금을 해약하고 친지들의 도움을 받기도 했다. '여기가 바닥이구나!' 망연자실하여 슬럼프에 빠질 때도 있었다. 하지만 신기하게도 이런 슬럼프는 오래가지 않았다. 그건 아마도 스스로 실패자라고 생각하지 않았기 때문이라고 생각한다. 현실은 보잘것없는 상황이었지만 내게는 꿈이 있었고, 언제든지 내 방식대로 살아갈 수 있다는 확신이 있었다.

한번은 이런 확신이 어디에서 오는 것일까 곰곰 생각해보았다. 답은 의외로 간단했다. 그것은 바로 '자기사랑'이었다. 그렇다면 나의 자기사랑은 어디에서 비롯된 것일까도 생각해보지 않을 수 없었다. 그러자 어린 시절 아버지의 사랑과 유년기에 읽은 동화책이 떠올랐다.

아버지는 오남매 중에서 나를 제일 예뻐해주셨다. 과묵하고 표현에 서툰 옛날 분이었지만 가족 모두 그것을 알고 있었다. 갈래머리 여고생 시절, 용돈이 궁해 아버지 사무실에 찾아가면, 아버지는 천 원을 달라는 내게 이천 원을 주시곤 했다. 나는 언제나 아버지의 사랑을 공기처럼 숨 쉴 수 있었고, 무슨 일을 하든지 아버지를 실망시키지 말아야 한다는 생각 속에 자랐다. 지금도 힘들 때면 돌아가신 아버지가 떠오른다. '아버지, 둘째 딸이 겨우 이만한 일에 정신을 못 차리고 있네요'라고 아버지에게 고하고 나면, 나도 모르게 결연한 심정이 되곤 한다.

그런가 하면 내 삶을 이루는 뼈대는 모조리 동화책에서 나왔다고 해도 과언이 아니다. 사람의 기질은 쉽게 달라지는 것이 아닌가 보다. 어른이 되면서 인내심이나 포용을 더 배웠을지는 몰라도, 동화책에서 익힌 가치들은 여전히 나에게 일순위이다. '알프스 소녀'의 낭만, '소공녀'의 자존심, '날아가는 교실'의 상상력, '빨강머리 앤'의 로맨스, '비밀의 정원'의 자연… 어쩌면 나는 그때와 조금도 달라지지 않았다. 그 책들을 읽으며 내가 이 세상에서 유일한 존재라는 자기인식이 싹텄고, 나도 이야기 속의 주인공들처럼 독특하고 개성 있는 삶을 살겠다는 결심을 했을 것이다.

삶에서 자기사랑이 얼마나 중요한지 모른다. 자아가 튼튼한 사람은 어떤 난관에 부딪혀도 다시 일어설 수 있다. 아무리 좋은 책이나 멘토의 조언도 나에게 맞게 자기화해야 내 것이 된다. 그리고 어려운 일에 부딪힐 때마다 다른 사람의 도움을 받을 수도 없는 노릇이

다. 가족이나 친구들과 잘 어울려 지내는 것과 개인으로서 독립의
식을 갖는 것은 별개의 문제이다. 내 인생을 살고 내 인생을 책임지
는 것은 오직 나 자신뿐이다. 그 누구도 대신해줄 수 없다.

또 나의 기질도 내 인생의 빛깔을 결정한다. 삶에 어떤 일이 일어
났느냐보다, 그 일에 어떻게 반응했느냐가 더 큰 차이를 가져오기
때문이다. 나의 생각과 취향과 매력이 사람과 사건을 부르는 셈이
다. '자아는 궁극적인 현실'이라고 말하는 힌두교 사상 역시 같은
맥락에서 이해할 수 있다.

'나'에게 반하자

언론인 출신의 아버지 안병찬과 문화기획자인
아들 안이영노는 참 재미나게 살고 있다. 아들이 기획을 하면 칠순
의 아버지가 달려가 인터뷰를 해서 함께 책을 만드는 식이다. 그들
의 관심 주제는 활기찬 자신감을 가지고 자전거 페달을 돌리듯 쉬
지 않고 성장해나가는 사람들이다. 안병찬, 안이영노 부자는 이순
재, 백지연, 정두언처럼 널리 알려진 사람들로부터, 땡땡땡 실버문
화학교의 최화성, 해금 연주가 이꽃별 등 신예에 이르는 자기성장
주의자 수십 명을 인터뷰하여, 이들에게 공통된 성격적 유전인자를
찾기 위해 노력했다고 한다.

그 공통의 유전인자는 '나는 나를 사랑한다'는 자기애였다. 이들
은 모두 자신을 좋아하고 자신의 열정에 스스로 중독되어 자기 자

신에게 몰입해나가는 근원적인 에고이스트였다는 것이다. 이들은 자신을 믿기 때문에 주변에 공감하는 힘을 발휘할 수도 있었다. 사람들은 자기가 믿는 세계를 꾸준히 만들어가는 사람들을 믿고 싶어 하기 때문이다. 결국 열심히 성장하려는 나르키소스는 세상을 도우려 하지 않아도 저절로 돕게 된다. 자기애와 용기가 만들어내는 성장의 드라마가 세상을 풍요롭게 하기 때문이다.

그러니 거침없는 '하이킥 라이프'를 살고 싶은 사람은 무엇보다도 자신을 믿고 사랑하는 나르키소스가 되라는 것이 이들 부자의 결론이다. 그래서 그들이 지은 책의 제목도 『나에게 반하다』이다.

이처럼 세상에서 제일 중요한 것은 '나'라는 존재이다. 내가 있기 때문에 '너'를 알아볼 수 있고, '세상' 속에 존재할 수 있다. 우선 내가 있어야 사랑하는 사람들에게 나눠줄 것도 있다. 비행기에 탔을 때 비상시에 대비하여 승무원이 알려주는 주의사항을 떠올려 보라. 기내의 압력이 줄어들기 시작하면 '내'가 먼저 마스크를 쓰고 그 다음에 아이에게 씌워주라고 한다. 아이가 아무리 사랑스럽고 귀한 존재라 해도 아이에게 먼저 씌워주라고 하지 않는다. 내가 기운이 남아 있어야 아이를 보살필 수 있기 때문이다. 마찬가지로 다른 사람에게 가치 있는 존재가 되기 위해서는 먼저 내가 바로 서야 한다.

자기가 무엇을 좋아하는지 아는 사람은 자기만의 세계를 갖고 있다. 호불호와 자기만족을 가늠하는 내면의 가치 기준이 있기 때문이다. 책을 좋아하는 사람을 예로 들어보자. 책을 읽으면서 그만한 행복을 느끼려면, 스스로 책을 선택하고 평가할 수 있는 상징체계에 익숙해야 한다. 누가 시키지 않아도 마음속에서 우러나는 자발성은 기본이다. 그래서 자기세계를 갖고 있는 사람은 의연하고 독립적인 것은 물론 매력적이다.

한 번 여러분의 주위를 둘러보라. 자기 분야에서 일가를 이룬 사람은 모두 자기세계를 갖고 있는 사람들임을 알 수 있을 것이다. 자신의 독창성과 취향으로 향기로운 정원을 꾸며 다른 사람들을 초대한 사람들이다. 조셉 캠벨에서 조한혜정까지, 법정스님부터 박진영까지, 조지아 오키프에서 권윤주까지 모두 그렇다. 사람들은 기꺼이 그들의 정원으로 놀러가 꽃구경을 하고 샘물을 마시며 즐거워한다. 내가 있어야 다른 사람들을 초대할 수 있다. 진중권도 그중 한 사람이다.

진중권은 글 잘 쓰고 말 잘 하는 미학자요, 좌파 논객으로 유명하지만, 내가 그에게 매력을 느끼게 된 것은 그가 경비행기를 조종한다는 사실을 알게 된 뒤부터였다.

온라인서점 Yes24 웹진에서 밝힌 그의 말을 직접 들어보자.

"비행은 어려서부터의 제 꿈이었어요. 나무도시락에 그림을 그려오려 놀던 시절부터요. 동네에 형이 하나 있었는데 어느 날 실물 크기의 글라이더를 만들어서 트럭으로 끌고 여의도 5.16광장으로 갔어요. 그날 비행은 실패했다고 들었지만 내 정서에 끼친 영향은 엄청났어요. 그때부터 나도 비행기 모형을 더 열심히 만들었는데 훗날 보니까 라이트 형제가 처음 만들었던 것이랑 비슷하더군요. 그러다 독일 기차역에서 기차를 기다리다가 항공잡지를 보는데 초경량 비행기 값이 6천만 원으로 나와 있어요. 정말 근사해 보였고 가슴이 뛰었어요. 나도 나중에 돈 벌면 비행기를 한 대 가질 수 있겠구나 생각했어요. 계속 돈을 모아서 2002년에도 가능했었는데 그때 민노당 서울시장 후보였던 이문옥 씨 선거자금으로 모은 돈을 다 밀어넣어버렸어요. 그러다가 드디어 작년에 교습비 300만 원을 들여 배웠고 솔로 비행에 성공했고 비행기를 사버렸어요. 요즘은 경기도 화성의 비행허가구역에서 비행기를 타죠."

이륙하기 위해 활주로를 질주하다 비행기가 붕 하고 하늘에 뜨는 순간, 동시에 지평선이 쑤욱 내려가는 그 순간이 정말 짜릿하다고 한다. 반대로 인적이라고는 하나 없이 갈대들만 술렁이는 시화호의 활주로에 착륙할 때면, 절대 고독을 절감한다고 한다. 모르긴 해도 이 같은 절대 고독의 순간에 창작의 저력이 나오는 것은 아닐까. 어린 시절 다락방에서 꿈꾸던 것을 실현할 수 있는 어른이라면 진정 성공한 사람이리라.

진중권은 실제로 '날게' 되었지만, 우리 역시 내면의 욕구를 채우는 순간이면 '날아갈 듯이' 기쁘다. 그러니 모든 방법을 동원하여 '나'에 대해 연구하라. 살아온 날을 반추하고, 심리학과 자기계발 책을 읽고, 다른 사람들 사는 것도 관찰하면서 내가 원하는 것을 찾아내보자. 그리하여 그것을 채워줌으로써 내 안에 기쁨이 가득 차오르는 것을 만끽하라. 경비행기 조종처럼 획기적일 필요는 없다. 아주 작은 일이라도 스스로 몰입하고 희열을 느낄 수 있으면 된다.

그것이 나를 사랑하고 삶을 사랑하는 방법이다.

자기탐구와 자기사랑은 어떤 커리큘럼보다도 선행되어야 할 정도로 중요하다. 자기를 존중하는 사람은 자기 삶을 함부로 내버려두지 않을 것이기 때문이다. 누가 시키지 않아도 자기가 뻗어갈 방향을 스스로 설정하여, 죽어라 공부할 것이기 때문이다. 이제껏 가정이나 학교에서 도와주지 않았다면 나 스스로 나를 위한 교육과정을 신설할 수밖에 없다. 나를 사랑하는 것이 모든 삶의 기본이기 때문이다.

자기를 사랑하지 못하는 사람은 다른 이로부터 칭찬을 들어도 상대가 틀렸다고 생각한다. 외부의 격려가 아무런 동기부여가 되지 못하므로 밑 빠진 독과 같다.

자신의 욕구를 파악하기도 어렵거니와, 자신이 원하는 곳으로 나아갈 에너지가 부족하기 때문에 엔진 없는 자동차와 같다. 자신만의 확고한 기준이 없기 때문에 다른 사람의 평가에 일희일비하는 끈 떨어진 연과 같다. 누군가 채워주어야만 하는 빈 가슴을 안고 살아가려면, 평생을 다른 사람의 관심을 구걸해야 할지도 모른다.

당신이 30대건 70대건, 혹은 독신이건 결혼했건, 그것은 중요하지 않다. 당신의 인생에서 타인들은 주인공인 당신을 도와주는 조연일 뿐이다. 언제나 당신의 관심과 욕구가 첫째이다. 당신이 당신으로 바로 설 수 있을 때 당신은 좀 더 나은 친구, 배우자, 어머니 또는 아버지가 될 수 있을 것이다.

이기적으로 행동하라는 말이 아니다. 가장 소중한 사람을 돌보듯 가장 먼저 나를 돌보고 아끼자는 것이다. 다른 사람의 기대나 시선 보다는 내 마음을 먼저 챙기자는 것이다. 나를 사랑하고 존중함으로써 스스로 삶을 주도하지 않는다면 누구의 등에 업혀 그 먼 길을 간단 말인가.

어떤 사소한 행위에도

몰입할 수 있다면 긍정적인 정서를

이끌어낼 수 있다고 한다.

'우울증의 반대가 표현' 이라는 말이 있을 정도이다.

나를 표현하는 일은

소일거리요, 취미요, 문화의 토대가 된다.

도심과 변방의 구분이 없어진 유비쿼터스 시대에

표현은 나의 주소지이기도 하다.

나를 표현할 도구를 가져라

내 영혼의 나비는 날고 있을까

불의의 사고로 전신 마비 상황에 처하게 된다면, 우리의 일상은 어떻게 변할까.

장 도미니크 보비, 그는 잡지 『엘르』의 편집장으로 일하던 44세에 뇌졸중으로 전신 마비가 되어 자기 힘으로 TV조차 켜지 못하는 처지가 된다. 우리 모두와 마찬가지로, 그 역시 우리 두뇌에 '뇌간'이라는 것이 있는지조차 몰랐다. 뇌와 말단신경을 이어주는 통로인 뇌간이 고장나 쓰러진 그날 이후, 보비는 '내부로부터 감금당한 상태(locked-in syndrome)'에 들어간다. 오직 왼쪽 눈꺼풀의 감각이 남아 있을 뿐, 눈앞에 앉아 있는 10살짜리 아들의 머리 한 번 쓰다듬을 수 없는 처지가 된 것이다.

세상에서 가장 운이 나쁜 카드를 뽑았지만, 그는 마냥 울분과 통탄에 잠겨 있지 않는다. 누구도 상상할 수 없었던 방법으로 책을 씀으로써, 우리에게 세상에서 가장 가슴 아프고 아름다운 교훈 하나를 건네준다.

E S A R I N T U L O M D P C F B V H G J Q Z Y X K W

얼핏 보기에 무질서해 보이는 이 글자 행렬은, 불어에서 사용되는 빈도에 따라 철자를 배치한 것이다. 그는 이 알파벳표를 보고 자신이 원하는 철자에 시선이 멈추는 순간 왼쪽 눈을 깜박인다. 이 기호체계를 받아들이는 태도는 그야말로 사람에 따라 각양각색이라고 한다. 크로스워드나 스크래블 애호가들이 적응 속도가 빠르고, 여자들이 쉽게 익숙해진다고 한다.

그는 이렇게 유일하게 감각이 남아 있던 눈꺼풀을 수없이 움직이는 방법으로 낱말을 하나씩 표현하고, 그렇게 모인 낱말들로 문장을 이뤄 결국 책 한 권을 써냈다. 바로 『잠수복과 나비』라는 책이다. 하루아침에 식물인간이 된 처지에서도, 인간은 여전히 고도의 정신 능력을 유지함으로써 스스로 존엄함을 지킬 수 있다. 보비의 글을 읽다보면 입안에 고이다 못해 철철 흘러넘치는 침을 닦을 수만 있어도 행복이라는 것, 아무 일도 일어나지 않는 일상이 기적이라는 것을 알게 된다. 보비는 콧등에 앉은 파리조차 쫓지 못하는 지금의 상황에서 보니 일상은 기적과도 같은 것이었다고 고백한다. 면도하기, 옷 입기, 코코아 마시기는 물론, 늘씬한 갈색 머리 여인과 함께 잠들면서도 그것이 행복인지 모르고 툴툴거렸던 날들. 그날들에 대한 현기증 나는 기억과, 잠수복에 갇혀버린 자신의 믿기지 않는 상황을 보비는 놀랍게도 유머로 갈무리한다.

'식물인간'이라는 세간의 호칭에 저항하기 위해, 자신의 지적 잠재력이 시금치나 당근의 지적 능력보다 월등하게 우수함을 증명하기 위해 책을 쓴다는 보비, 오, 하느님! 나는 이보다 더 절박한 유머를 접한 적이 없다. 이보다 더 참혹한 수사를 접한 적이 없다.

책을 읽는 내내 편지이며 일기이자 유서인 그의 책을 빨리 읽어 내려가는 것이 너무 죄스러웠다. 늘 하던 대로, 책을 읽고 난 뒤 어떤 북리뷰를 쓸까 궁리하는 것이 민망했다. 내 영혼의 나비는 아직도 고치에서 웅크리고 나올 생각을 않는데, '그는 잠수복에서 빠져나와 훨훨 날아갔다'.

살면서 신경 쓰이는 문제를 만나거나, 사는 게 다 거기서 거기 같아 시들해질 때면 나는 장 도미니크 보비를 떠올린다. 그러면 이 정도 문제쯤이야 아무 일도 아니라는 것을 깨닫게 된다. 살아 있으니까 문제도 있는 거고, 내 손으로 TV를 켜는 일, 내 맘대로 글을 쓰는 일, 걸을 수 있고 뛸 수 있는 것이 모조리 기적인 것을 알게 된다. 다시 살아볼 수 있는 하루를 가진 것만으로도 감사하는 마음이 된다. 그것만으로도 이 책의 존재는 각별하다. 한편으로 이 책은 다른 측면에서도 내게 깊은 생각을 하게 한다. 그것은 바로 '표현의 위대함'이다.

장 도미니크 보비에게 언어를 자유자재로 활용하는 능력이 없었다면 우리는 그를 만나지 못했을 것이다. 책을 씀으로써 그는 우리 곁에 영원히 남았다. 수십만 번 눈꺼풀을 깜빡이며 표현해낸 한 권의 책 덕분에 많은 사람들이 산다는 것의 지엄함과 인간의 존엄성을 다시 한 번 깨달았다. 그는 비록 불의의 사고로 일찍 생을 접어야 했지만 표현 능력이 그의 삶을 의미 있게 만들어주었다.

표현하지 않으면 '나'는 없다

표현은 사람을 사람답게 하며, 사람을 위대하게 하며, 다른 사람들에게 감동을 준다. 사람은 표현을 통해 자신의 특별함을 드러내고 존재를 인정받으며, 타인과의 소통을 시도한다. 그러므로 방법과 차원은 다를지라도 누구나 자신을 표현하는 수단이 필요하다. 살사 동호회들이 모여 춤을 추는 것을 본 적이 있다. 오픈된 공간에서 거리낌 없이 춤을 추며 즐기는 모습이 싱그러웠다. 나도 모르게 어깨를 들썩거리며 한참을 구경하다가 새롭게 확인한 사실이 있다. 그것은 자기표현이 매력과 자신감을 더해준다는 사실이다. 눈에 띄게 춤을 잘 추는 몇몇 젊은 남자들이 유독 키가 작아서 그런 생각이 들었을 것이다. 다른 곳에서라면 왜소한 체구 때문에 콤플렉스를 느꼈을지도 모르는 사람들이 춤을 추면서 발산하는 에너지가 장난이 아니었던 것이다. 나는 그때 자기표현이 개성과 자신감을 완성하는 수단이라는 것을 알았다.

동시에 표현은 치유의 수단이기도 하다. 점과 동그라미, 물방울 무늬만을 가지고 작업하여 소위 '땡땡이 작가'로 불리는 일본의 설치미술가 쿠사마 야요이 역시 땡땡이 작업이 아니었다면 자신은 벌써 자살했을 것이라고 말한다. 화폭과 벽면은 물론 사람의 몸과 동굴까지, 가능한 모든 것을 땡땡이로 채우는 그녀의 작업을 보고 있으면 인간의 생명력에 처연해진다. 왜 그녀가 그토록 땡땡이라는 주제에 매달리게 되었는지 몰라도, 땡땡이를 통해 그녀는 치유받고, 관객은 새로운 세계로 인도된다.

자신의 표현도구를 가진 사람은 자신만의 세계를 가지고 있다. 『기쁠 때나 슬플 때나』의 만화가 린 존스턴은 아이를 더 낳고 싶었을 때 자신의 연재만화 주인공 가족 중에 여자아이를 하나 더 등장시켰다고 한다. 방송작가 김수현은 자신의 드라마 속 세계를 현실보다 더 생생하게 느낀다고 한다. 자신이 가지고 있는 다양한 정체성을 하나씩 꺼내어 형상화시키면서 배역을 창조한다고 한다. 상상력으로 가득 찬 또 하나의 세계를 갖고 있는 사람이 더욱 풍요로운 삶을 사는 것은 당연하다.

표현수단이 대단한 것이어야 한다고 생각하기 쉬운데 그렇지만도 않다. 아무리 사소한 것이라도 자신이 몰입할 수 있고, 의미를 느낄 수 있으면 충분하다. 언젠가 읽은 어떤 책에서 수잔 라이든이라는 사람이 쓴 『뜨개질이라는 경전』의 한 구절이 인용된 것을 보았다. 국내에서 출간되지 않은 터라 책 전체를 읽어볼 수는 없었지만, 인용된 구절만으로도 나는 커다란 영감을 받았다.

"나는 스스로 자유롭게 선택한 뜨개질이라는 노동을 통해 올바른 삶의 가치를 절실히 깨닫게 되었다. 나는 집 안에서 하는 이 뜨개질이라는 작은 세계에서 수많은 것을 발견했다. 이것은 흔히 상상하는 것보다 훨씬 넓고 깊은 세계로 우리를 인도한다. 이것에는 창조적인 통찰력을 자극하고 고무하고 불러일으키는 전혀 고갈되지 않는 무한한 능력이 있다."

세상에! 뜨개질이 경전이 된다면 이 세상에 경전 아닌 것이 어디 있겠는가. 대단한 취미나 재능이 없어도 어떤 일에서든 만족과 성찰을 이끌어낼 수 있고, 아무리 사소한 단순노동도 구원이 될 수 있다는 말이 아니겠는가.

인생을 즐기기 위해서 필요한 것은 무엇엔가 몰입할 수 있는 열정뿐인지도 모른다. 작은 행위에 의미를 부여하고 이야기를 만들어내는 자기 세계가 있느냐 없느냐의 문제는 돈보다도 중요하다. 수시로 작은 기쁨을 생산할 수 있다면 그것이 행복으로 가는 지름길이다.

'글쓰기'라는 경전

나는 '글쓰기'라는 표현도구를 통해 수잔 라이든과 같은 체험을 했다. 그녀는 내 심정을 정확하게 대변하면서

한 단계 더 높은 곳으로 끌어올려주었다. 그래서 나는 '뜨개질이라는 경전'이라는 표현을 접하는 순간, 한층 커다란 세계로 연결된 듯한 기쁨을 맛보았다. 내 안의 작은 씨앗이 아주 단단한 철학으로 커나갈 것 같은 예감, 언제고 다시 벅차게 조우할 것 같은 느낌을 받았다.

나는 어려서부터 무언가 읽는 것을 좋아했다. 부모님의 말씀으로는, 다섯 살 무렵 혼자 한글을 떼고 언니의 교과서를 줄줄 읽었다고 한다. 유년기에 말 잘한다는 소리도 많이 들었다. 물론 60년대 마포 골목 이야기니 그 수준은 믿을 것이 못 되지만, 상대적이나마 언어지능이 발달할 기미가 보였던 모양이다.

내가 어릴 때에는 읽을 것이 많지 않았다. 나는 옆집에서 동화책을 빌려 보기도 하고, 동네 만화가게 단골이 되었으며, 고등학생이던 오빠가 숨겨놓고 보던 야한 잡지까지 읽어댔다. 나의 책읽기는 성인이 될 때까지 계속되었다. 깊이가 없는 잡식성이었지만 늘 책을 가까이 했다. 20대에는 동아리 필독서에, 30대에는 독특한 삶을 사는 사람들에게, 40대에는 시에 꽂혔던 기억이 있다.

그러다 보니 글쓰기에도 별다른 거부감이 없었지만, 그렇다고 해서 각별한 성취도 없었다. 교내 백일장에서 가작 한두 번 해보고, 내 맘대로 쓰는 일기나마 몇 십 년을 끼적거린 것, 그것이 내 글쓰기 역사의 전부였다.

그러다가 구본형변화경영연구소에서 연구원 활동을 하면서 '미스토리(Me-Story)'를 쓴 것이 결정적 계기가 되었다. 위인들이 생애를 마무리하면서 자서전을 쓰듯이, 보통 사람들 역시 아직 고쳐 살아볼 시간이 남아 있을 때 자신의 인생을 되짚어 써보는 것이 '미스토리'이다. A4 용지에 10포인트 활자 크기로 50장이었으니, 제법 긴 분량이었다. 특별한 격식이나 계획 없이 연령대별로 생각나는 대로 썼는데, 아주 재미있는 작업이었다.

미스토리를 쓰고 나서 나는 비로소 내가 누구인지를 알았다. 살아오면서 반복적으로 되풀이되는 행위 속에 내가 들어 있었다. 나는 누구보다 독특한 삶을 살고 싶어 했지만 방향성이 부족해서 아무 곳에도 도달하지 못한 사람, 시행착오 리스트가 줄줄이 길어져도 언제고 마음을 따라가는 낭만의 화신, 마음이 움직이지 않으면 꼼짝도 하지 못하는 기질 때문에 계속해서 반복되는 냉정과 열정, 세상에 뛰어들어 코피 터지게 사는 것이 아니라 늘 한 발 떨어져 있는 관찰자였다.

나는 글을 쓰는 사람이 되고 싶었다. 내가 누구인지 알고 나니 자연스럽게 그런 결론이 나왔다. 그동안 돈이나 사람, 명예 아무것에도 욕심이 없어 무엇에 마음 붙이고 살까 황망했던 나였다. 소시민적인 가치 어느 것에도 욕심이 없는 스스로에 대해 콤플렉스를 느끼고 있었다. 다분히 비현실적이고 비경쟁적인 나의 기질은 사회생활에 어울리지 않았다. 그런데 작가가 된다면 더 이상 나의 기질에 콤플렉스를 느끼지 않아도 될 것 같았다. 읽고 쓰고 관찰하고 분석하고 심지어 떠돌거나 혼자 놀기 좋아하는 나의 기질 그대로를 꽃 피울 수 있을 것 같았다. 이제껏 글을 쓰고 싶다는 생각을 왜 한 번도 안 했는지 의아할 지경이었다.

싫증을 잘 내는 내가 기꺼이 몰입하고 오랜 시간을 계속해온 일은 책 읽기밖에 없었다. 주변에 종이와 연필이 없으면 불안할 정도로 무언가 끼적거리는 것은 오랜 습관이었다. 읽기와 끼적거림은 무인도에 떨어진대도 포기할 수 없는, 가장 원초적인 행위인 셈이다. 승부근성이라곤 도통 없는 내가 무엇엔가 질투심을 갖는 것은 좋은 글을 읽는 순간뿐이었다. 꾸준히 책을 읽어오면서도 내가 직접 글을 쓸 수 있다는 생각을 해본 적은 없었다. 그런데 미스토리가 그 돌파구가 되었다. 책 읽기를 글쓰기로 연결시키는 소중한 연결고리, 전환점이 되어준 것이다.

책 읽기는 유서 깊고 독립적인 여흥이요 저력이요 레퍼런스이지만, 그 자체가 능동적인 역할을 하지는 못한다. 글쓰기라는 적극적인 자기표현의 수단으로 변환되었을 때 비로소 책 읽기도 제 역할을 완수한다. 책 읽기는 수동적인 성격상 자기만족까지는 가능해도, 자기표현과 자기실현까지는 도달하지 못했을 것이다. 나는 미스토리를 쓰면서 글을 쓰고 싶다는 생각을 했다. 자판을 두드리는 손길에서 쾌감이 우러나올 정도로 글쓰기가 재미있었다.

글쓰기에 기름을 부어준 것은, 인생 중반을 살아낸 체험이었다. 체험을 통해 내가 원하는 것을 알게 되었고, 나의 언어를 갖게 되었고, 절실하게 토해내고 싶은 이야기가 생겼다. 글쓰기는 완벽한 대화상대를 가정하고 하는 혼잣말이다. 시공간의 한계를 넘어, 누군가 나의 언어를 온전히 이해해주리라는 턱없는 기대 속에 온갖 속내를 다 풀어낸다. '말하고 싶다', '소통하고 싶다', '이해받고 싶다'는 욕구는 쓰는 것만으로도 반쯤은 해소된다. 그래서 글쓰기는 세상에 대한 연애편지이고, 배설행위이고, 카타르시스이고, 오르가슴이다. 나는 글쓰기라는 새로운 목표 덕분에 새로운 인생을 꿈꾸게 되었다. 글을 쓰면서 실수투성이의 과거를 자산으로 여길 만한 여유와 다시 출발할 수 있는 에너지를 얻는다.

이제 글쓰기는 나의 취미요 꿈이요 기회가 되었다. 글 쓸 것이 떠오르면 잔잔한 희열이 차오르고, 막힌 문장을 어떻게 이어나갈까 궁리하며 잠자리에 든다. 고민이 있어 마음이 어지러울 때면 아침에 일어나자마자 모닝페이지를 쓴다. 그러면 문제가 가지런히 정리되면서 마음이 차분해진다. 내가 가진 문제를 객관적으로 바라볼 수 있게 되어, 할 수 있는 일은 하고 할 수 없는 일은 받아들이게 된다. 그러니 글쓰기는 명상도구이기도 하다.

내게 글쓰기가 있어서 너무 좋다. 책과 삶이 어우러져 글이 되고, 삶과 글이 만나 다시 책이 된다. 나는 이 순환경로 안에서 기꺼이 행복하다. 이 행복감은 어떤 난관에도 훼손되지 않을 만큼 단단하다. 이미 글쓰기는 내게 하나의 경전이 된 것이다.

어떤 사소한 행위에도 몰입할 수 있다면 긍정적인 정서를 이끌어낼 수 있다고 한다. '우울증의 반대가 표현'이라는 말이 있을 정도이다. 나를 표현하는 일은 소일거리요, 취미요, 문화의 토대가 된다. 도심과 변방의 구분이 없어진 유비쿼터스 시대에 표현은 나의 주소지이기도 하다. 취미와 관심사에 따라 이합집산하는 문화의 시대가 되었기 때문이다. 그러니 표현은 가장 강력한 소통과 결속의 도구가 될 수도 있다. 당신은 당신을 표현하며 살고 있는가? 당신을 표현하는 도구는 무엇인가?

나는 점점 나아지고 있었다.

내가 믿는 만큼 남들이

나를 믿어준다는 것도 알았고,

성공에서 가장 중요한 것은

불확실성을 견디는 힘이라는 것도 알았다.

나는 이 모든 것을

책에서 배웠다.

공부하는 사람은 늙는 것이 무엇인지 모른다

오래전에 읽은 책을 다시 들춰보다가 깜짝 놀랄 때가 있다. 종이가 누렇게 변할 정도로 오래된 책에 밑줄을 그어놓은 부분이 신기하게도 현재의 심정과 딱 부합될 때이다. 그 옛날에도 이런 생각을 했구나 싶으면서, 지금 내가 갖고 있는 생각의 뿌리가 오래된 것에 놀라게 된다.

내게는 히로나카 헤이스케의 『학문의 즐거움』이 그런 책이다. 거의 10년 전에 읽은 책에서 요즘 몰두하고 있는 생각을 고스란히 확인하게 될 줄은 몰랐다.

"열심히 공부해도 결국 잊어버리게 되는 것을 왜 하지 않으면 안

되는가. 그것은 지혜를 얻기 위해서가 아닐까? 공부하는 과정에서 눈에는 보이지 않지만 살아가는 데 있어 대단히 중요한 지혜라는 것이 만들어진다고 생각한다. 결과적으로 배우는 것은 낭비가 아니다. 그러므로 많이 배우고 많이 잊어버리고, 다시 많이 배우라고 말하고 싶다.

지혜에는 넓이가 있고, 깊이가 있고, 힘이 있다. 지혜의 힘이란 결단력을 말한다. 결단할 수 있는 힘, 어느 순간에 얏! 하고 비약할 수 있는 힘, 이러한 지혜의 힘은 인생과는 직접 관계가 없어 보이는 공부를 하는 가운데 키워지는 것이다.”

‘지혜에는 넓이가 있고, 깊이가 있고, 힘이 있다.’ 이 부분을 들여다보며 거의 어리둥절할 정도로 신기한 기분이 되었다. 최근 몇 년간 내가 겪은 일을 한마디로 정리한 문장이었기 때문이다.

내 안의 작가를
만나기까지

내 인생의 터닝포인트는 2006년이었다. 그동안 남들처럼 돈을 벌고, 애들을 키우고 살면서도 나는 늘 ‘독특한 삶’이 목말랐다. 착실하게 적금도 부으면서 가족에게 헌신하는 생활, 또는 부모님이나 동네 사람들이 살아온 삶의 방식들이 전부는 아닌 것 같았다. 하지만 막연한 생각뿐이어서 어떻게 살아야 ‘남들과는 다르게’ ‘내 식대로’ 사는 것인지 알 수 없었다. 그런 까닭인지 이전의 나는 있는 힘을 다 해 살지 못했다. 마치 또 한 번의 생이 남아 있기라도 한 것처럼 지금의 삶에 데면데면하게 굴었다. 늘 마음 한구석이 허전하고 공허했다. 그러던 차에 '구본형변화경영연구소'를 알게 되었다.

구본형변화경영연구소에서 연구원 활동을 하면서 나는 제2의 인생을 펼칠 수 있었다. 창조하는 인생이 가장 의미 있는 삶이라고 생각은 하면서도 내가 무엇을 창조할 수 있다는 생각은 못하고 살아왔다. 그런데 연구원 생활을 통해 경계 하나를 훌쩍 넘어선 것이다. 내가 원하는 삶을 살기 위해 반드시 비범할 필요는 없다. 내가 갖고 태어난 재능을 발굴하는 것으로 충분하다. 대부분의 사람들은 자신이 평범하다고 생각하기 때문에 평범한 데 머문다. 하지만 반드시 다른 사람보다 뛰어난 것이 성공은 아니다. 이 세상에 유일무이한 존재로서의 나, 나의 기질과 독특함에 이름을 지어주고 존재감을 부여하는 것이 성공이다. 새로운 성공의 정의에 접하자 전율이 일었다. 내 오랜 기다림이 마침내 대답을 얻은 것이다. 나는 글을 쓰고 강의를 하는 프리랜서가 되고 싶다는 꿈을 갖고 인생 2막을 힘차게 열어젖혔다. 내 안의 작가를 만나기까지 반생이 걸린 것이다.

그때부터 나의 주된 일과는 책 읽고 글 쓰는 일이 되었다. 연구원 1년차에는 일주일에 책을 한 권씩 읽고 북리뷰와 칼럼을 써야 했다. 이제껏 내가 접해보지 않은 경제경영, 철학, 인문 분야의 책이라 쉽지 않았지만, 새로운 영역과의 만남은 나의 독서 범위를 일순간에 확대해주었다. 1년간의 집중적인 훈련이 몇 십 년 동안의 산

만한 독서보다 강력했다. 1년차를 마치고 나니 어떤 책도 두렵지 않았다. 아무리 두껍고 어려운 책이라도 뚝딱 읽고 소화할 수 있을 것 같았다. 1년간의 훈련을 통해 연구근육이 강화된 것이다.

연구원 2년차에는 각자 선정한 주제를 가지고 공부해서 자기 이름으로 된 책을 출간해야 한다. 이는 정식 연구원이 되는 자격 요건이기도 하다. 2007년부터 연구원의 책들이 속속 출간되기 시작했다. 직업적인 전문성이 있거나 젊은 직장인을 대상으로 하는 주제들이 강세였다. 중년의 도약을 다룬 나의 기획안은 좀처럼 기회를 맞지 못했다. 후배 연구원들이 책을 출간했다는 소식이 들릴 때마다 가슴이 철렁했지만, 크게 좌절하지는 않았다. 나 자신을 알고 내가 어디쯤 가고 있는지 알고 있었기 때문이다. 젊음이 지난 시기에도 얼마든지 새로운 목표에 도전할 수 있고, 인생은 나 하기 나름이라는 확신이 생겼기 때문이다.

공부를 하다 보니 사람들을 대하는 것이 차츰 달라졌다. 관계의 중요성을 외면하고 내 안에 갇혀 있던 내가 아니었다. 좋고 싫은 것이 너무 분명하여 마음속으로 판단을 일삼던 버릇도 그만두었다. 그 대신 다른 사람이 성장할 수 있도록 도와주는 일이 세상에서 가장 보람 있는 일이라는 것을 알게 되었고, 다른 사람을 도울 수 있는 자격을 갖추기 위해 성공하고 싶어질 정도였다.

또 전에 비해 지혜롭고 싶은 욕망이 더욱 커졌다. 자꾸만 공부가 하고 싶어졌다는 뜻이다. 피터 드러커는 3년마다 분야를 바꿔가며 공부에 매진했다고 하는데 나도 그렇게 하고 싶어졌다. 최근 3년간 집중적으로 자기계발서를 읽고 나니, 자연스럽게 관심이 인문학으로 넘어갔다. 좀 더 근본적으로 인간의 문제를 파고드는 철학 공부도 하고 싶고 글쓰기에도 본격적인 소양을 갖추고 싶어졌다. 하루에 마음에 드는 문장 하나를 얻으면 천하를 얻은 것처럼 기쁜 것 같았다.

그다음 이것이 제일 중요한데, 공부를 하다 보니 맷집이 좋아졌다. 보통 공부라고 하면 나약하고 현실감 없는 탁상공론을 떠올리기 쉽지만, 결코 그렇지 않다. 나는 책 속에서 수많은 개성파와 창의적인 인물들을 만났다. 모두들 학문이나 사업 등 인생에서 일가를 이루고 자기다운 삶을 실현한 사람들이었다. 하지만 그들이라고 해서 안락한 길만 걸은 것은 아니었다. 그들 모두가 고충을 겪었고 장애물을 극복했다. 아니 오히려 보통 사람보다 몇 배나 어려운 고통을 겪은 사람도 많았다. 그들은 고통과 좌절을 겪지 않은 사람이 아니라, 그것을 극복하고 넘어선 사람들이었다. 절대로 포기하지 않고 다시 한 번 도전한 사람들이었다. 그들은 하나같이 입을 모아 말했다. 네 안의 이끌림을 따라가라고. 정말 하고 싶은 일이라면 포기하지 말라고. 포기하지 않으면 실패란 없다고.

나는 점점 나아지고 있었다. 단지 시기만을 모를 뿐 내가 원하는 삶을 살 수 있다고 믿었다. 내가 믿는 만큼 남들이 나를 믿어준다는 것도 알았고, 성공에서 가장 중요한 것은 불확실성을 견디는 힘이라는 것도 알았다. 나는 이 모든 것을 책에서 배웠다.

배우는 사람은
피로를 모른다

　　　　그런데 3년의 각고 끝에 깨달았다고 생각한 것을, 10년 전에 읽은 히로나카 헤이스케의 책에서 발견하니 감개무량했다. 내가 어떤 길을 걷게 될지 이미 프로그래밍되어 있었나 싶은 게, 꽤 감격스러웠다. 감격은 거기서 그치지 않았다. 중국 작가 왕멍의 책 『나는 학생이다』에서도 똑같은 부분을 발견한 것이다.

왕멍은 14세에 중국 공산당에 입당해 청년 작가로 승승장구하던 중에 필화 사건에 휘말려 신장에서 16년간 유배 생활을 한다. 그 뒤 1979년에 복권하여 작가협회를 종횡하며 문화부 장관, 부주석 자리까지 역임하는 등 극단의 영욕을 온몸으로 겪은 인물이다. 또한 100편이 넘는 중단편을 비롯해 수필, 시, 평론, 르포 등 다양한 영역의 작품들을 발표한 대작가이다.

이처럼 열정적이고 풍운아적인 삶을 살았던 왕멍이 4년에 걸쳐 저술한 『나는 학생이다』는 한 인간의 평생에 걸친 깨달음을 담은 인생교본이자, 흔치 않은 체험과 뛰어난 문학적 성찰을 피륙으로 엮은 인생담론이다. 생활과 학문과 역경, 노년과 교우, 초탈 같은 인생의 모든 면에 대한 하나의 경지를 만날 수 있는 책이다. 처음부터 끝까지 금과옥조가 아닌 문장이 없지만 그중 단연 압권은 '배움'에 대한 부분이다.

"학습은 나의 뼈-구조-이며 나의 살-재료-이다. 학습은 나의 정신이며, 추구이며, 사명이며, 분투이다. 학습은 나의 쾌락이며, 게임이며 지적 체조이다. 학습은 나의 기둥이자 영원히 차지할 수 없는 교두보이다. 학습은 나에게 불패의 자리를 지키게 해주는 든든한 원군이다."

배움이 있었기에 16년간의 유배 생활 중에도 비관하지 않고 절망하지 않고, 미치거나 의기소침해지거나 타락하지 않을 수 있었던 왕멍의 학습 예찬이다. 배움은 그에게 초탈을 가르쳐주고, 외부 세계와 교류하게 해주며, 역경에 처할수록 더욱 높은 곳에 올라 멀리 전망하게끔 해주었다. 배움을 통해 지혜와 광명을 얻었기에 그는 맑고 밝게 인생을 항해할 수 있었다.

왕멍은 16년간 유배 생활을 할 때 창작을 금지당했다. 작가에게 창작을 하지 말라는 것은 최고의 극형이었지만, 그는 신세 한탄을 일삼으며 좌절하지 않고 위구르어를 배우기 시작한다. 배움에 몰두함으로써 스스로 할 일을 마련했고, 몰입할 수 있었고, 기쁨을 누릴 수 있었으므로 역경을 뛰어넘을 수도 있었다. 어떻게 그 세월 동안 자살하거나 미치지 않고 견딜 수 있었는지 묻는 질문에 그는 이렇게 대답한다.

"위구르어 포스트닥터 과정까지 거쳤지. 준비 2년, 대학 5년, 석사 3년, 박사 과정 3년 그리고 포스트닥터 3년이면 딱 16년이니까 말이야."

이런 유머 역시 학습의 희열과 자신감에서 나온 것이 아닐까. 배우는 사람은 어떤 상황에서도 자신의 정확한 위치를 찾을 수 있기에 자신의 운명을 장악할 수 있다.

배울 수 있는 사람은 공허하거나 퇴폐적이거나 무의미하지 않다. 오감을 열어 늘 새로운 지식과 관점을 발견하고, 감성과 지혜를 존중하며, 생활과 실천을 존중하기 때문이다. 문명을 아끼며 받들기 때문에 배우는 사람의 삶은 계속해서 확장된다.

왕멍의 생애에서 배움처럼 중요한 것이 없고, 배움만큼 꾸준히 한 것이 없으며, 배움처럼 많은 것을 준 것이 없었다. 이에 왕멍은 '나는 학생이다'라고 선언한다. 살아가면서 변치 않는 정체성을 하나만 골라야 한다면 나도 학생이라고 말하고 싶다. 감히 왕멍 같은 대가에게 견줄 수는 없겠지만 내게도 학생으로서의 기질이 있고, 조금이나마 공부의 맛과 위력을 짐작하고 있기 때문이다. 일천한 공부이지만, 나도 공부를 통해 삶을 들여다보고 삶을 극복하고 삶을 조망할 수 있게 되었다. 삶을 누리고 즐기고 만들어낼 수 있게 되었다. 겨우 3년 공부에 이것을 알게 되었으니 30년을 나아가면 그 쾌감과 만족과 넉넉한 도량이 어떠할지, 벌써부터 기대가 된다. 나는 왕멍의 일갈에 기꺼이 무릎 꿇고 싶어진다.

"그래서 배움을 열망하는 학생은 피로라는 것이 무엇인지 모르며 사람이 늙는다는 것이 무엇인지도 모른다. 흥망성쇠를 다 겪은 칠십의 나이에도 새로운 목표를 가질 수 있다."

학습의
대가들에게 배운다

공부는 최고의 친구이자 스승이고, 기쁨이자 도전이다. 공부는 우리에게 할 일을 준다. 평균수명이 연장되면서 우리들 인생이 길어졌다. 길어진 인생에 할 일이 없다면 그 또한 고역일 것이다. 공부는 지치거나 싫증내지 않고 즐길 수 있는 훌륭한 놀이이다. 언제까지나 퍼내고 퍼내도 결코 마르지 않는 지혜의 샘이다.

공부는 상황을 분석하는 힘을 줌으로써 역경을 헤쳐 나가게 한다. 공부하는 사람은 언제 어떤 상황에 처해도 자신만의 내면세계로 빠져들 수 있다. 그것이 시(詩)이든 수학 공식이든 저마다 훈련된 상징체계를 갖고 있기 때문이다.

머릿속에 자유자재로 사용할 수 있는 상징체계를 갖춘 사람은 강제수용소나 병상, 극지 탐험 같은 극한 상황에서도 외부의 자극에 구애를 받지 않는다. 자기만의 세계로 날아가 시를 읊고, 고전을 번역하며 자신을 위로하고, 상황을 객관적으로 보는 힘을 찾을 수 있기 때문이다.

공부는 또한 우리에게 무언가를 창조할 기회를 준다. 공부하는 사람은 명확한 자기세계가 있기 때문에 자신 있게 다른 세계에 반응할 줄도 안다. 무언가를 창조해낼 도구도 가지고 있다. 세상의 변화에 대해 늘 긴장하고 깨어 있기 때문에 사소한 기회를 낚아채 성공의 발판으로 삼는다.

카이스트에 300억을 기부하여 아름다운 부자의 표본이 된 미래산업의 정문술도 그랬다. 그는 1983년 반도체 분야에 뛰어들었다. 가까운 미래에 반도체가 크게 각광받을 만한 사업이라는 상식이 전부였다니 정말 놀라운 일이다. 그는 다짜고짜 반도체 공부를 시작하여 자신이 개발할 만한 틈새를 찾아낸다.

그러나 악전고투하여 처음으로 개발한 '무인 웨이퍼 검사 장비'는 실패였다. 개발을 하긴 했는데, 기계의 속도가 숙련공의 4배가 걸렸다고 한다. 18억을 삼킨 바보장비를 만든 것이다. 그때 그는 가족까지 데리고 동반자살을 결심할 정도로 최악의 상황이었다.

"죽읍시다, 아무래도 다른 방법이 없구려."

비감한 말에도 아내는 순순히 고개를 끄덕여주었지만, 그는 혼자 죽으려고 약과 술을 사 들고 산에 올라갔다. 이렇게 생을 마감해야 하는 것이 억울해서 펑펑 울고 나니 다시 한 번 해보자는 마음이 들었다고 한다. 돈 때문에 죽을 고비까지 넘겨야 했던 그는 언젠가 반드시 돈을 극복해보겠다는 보복 심리를 갖고 살아왔다. 신의와 의리로 여봐란 듯이 성공해서 그렇게 번 돈을 또한 아낌없이 포기하는 모습을 세상에 보여주겠다, 그래서 인간이 그까짓 돈보다 얼마나 우월하고 귀한 존재인지를 끝내 증명해 보이리라, 이를 악물고 맹세해가며 버텨왔다는 것이다.

과연 그는 자기가 맹세한 대로 되었다. 카이스트에 300억을 기부하여, 아름다운 경영과 진정한 부자의 표상을 보여주었다. 그깟 돈이 없어서 꿈을 접어야 하는 사람들이 가여워, 인정할 만한 사업계획을 갖고 오는 사람에게 아낌없는 투자를 하여 '벤처대부'라는 칭호를 얻었다.

그는 전형적인 학습인이다. 그는 자신의 빽이 '호기심'이라고 말할 정도로, 자신의 호기심에 걸려든 일에 깊이 몰입하여 따져 묻고 공부하여 기어이 자기 영역을 만들어버리는 사람이다. 반도체가 그랬고, 그림 공부가 그랬다. 그는 중앙정보부에 근무하던 시절 우연히 보게 된 서양화 한 점에 매료되어 그림 공부를 시작했다. 독학으로 자신의 감각을 키우고 그림을 사들여야 할 시점을 알아차렸다. 한 점 두 점 사 모았던 그림은 회사가 어려울 때 큰 힘이 되어주었다.

그는 심지어 카이스트에 기부할 때도 공부를 한다. 기부를 하더라도 열정적으로 미래지향적으로 하고 싶어 자선에 대해 공부를 했다고 한다. 그 결과 생명과학과 정보기술과 기계기술을 서로 융합하여 학제간 연구를 할 수 있는 첨단학과를 신설해 달라고 요구할 수 있게 되었다. 그래서 탄생한 것이 '바이오시스템학과'이다. 나 같은 문외한은 발음조차 어색하나 『과학콘서트』의 저자 정재승이 '바이오시스템학과' 조교수인 것을 보니, 조금 친밀한 감정이 들기도 한다.

정재승 역시 학습의 대가이다. 『물리학자는 영화에서 과학을 본다』『과학콘서트』 단 두 권의 저서를 가지고 가장 주목받는 차세대 필자로 떠오른 그가 몇 년간의 공백 끝에 『한겨레21』에 고정 칼럼을 쓴 일이 있다. 생뚱맞게도 그가 들고 나타난 주제는 '사랑학'이었다. 직전 학기에 카이스트에서 사랑학이라는 과목을 개설했던 모양이다. 사랑학의 연구결과는 이런 것들이다.

하나, 첫 만남에서는 자이로드롭을 함께 타라. 이유인즉 사람은 육체적인 흥분을 상대방에 대한 호감으로 인식하기 때문이다. 대학 입학이나 해외여행 같은 새로운 상황은 물론, 부모의 죽음이나 애인과의 결별 같은 상실을 경험한 뒤에도 이성에게 쉽게 끌린다고 한다.

둘, 사랑은 왼쪽 귀에 대고 속삭여라. 왼쪽 귀와 연결된 우뇌가 감정 조절에 관여하기 때문에, 왼쪽 귀로 들었을 때 더 정확히 기억한다.

나는 그가 사랑이라고 하는 가장 사적이고 내밀한 체험을 과학으로 분석한 것을 보고, 학문이 얼마나 유용하고 광범위한 삶의 토대인지 이해하게 됐다. 아무리 어려운 학문이라도 그 구조와 체계에 통달한 사람이 재미있는 사례를 통해 전달한다면, 쉽게 대중적으로 확산되리라는 생각도 들었다. 그는 전혀 상관없어 보이는 두 가지를 이어서 뒤통수를 치는 글을 좋아한다고 한다. 과학이 인문학, 사회학, 문학과도 통한다는 것을 쉽고 풍부하게 보여주고 싶다고도 한다. 그런 그가 선택할 수 있는 주제는 영화나 사랑 외에도 무궁무진할 것이다. 무엇이든 관심 있는 주제를 선정하고 깊이 있는 연구와 맛깔난 저술을 통해, 독자의 세계를 넓혀줄 수 있는 준비된 필자의 삶이 매혹적이지 않은가. 그야말로 '우주'를 자유자재로 '휴대'하는 그가 말한다.

"미래가 필요로 하는 인재상은 결코 한 우물만 파는 게 아니라 우물을 두세 곳을 파고, 그 우물 사이에 지류를 내는 사람일 겁니다. 그런 사람이 되는 가장 좋은 방법은 역시 책읽기예요."

정말 내가 하고 싶고

잘 할 수 있는 일을 찾기까지는,

어쩌면 나는 아직 내가 아닌지도 모른다.

나의 기질과 강점이 녹아들어

기꺼이 만족하며,

최고를 향해 나아가고 싶은 일,

그 과정에서 나도 행복하고

나 아닌 다른 누군가에게도

도움이 도는 일을 발견하기까지는,

아직 나의 삶은 진짜가 아닌지도 모른다.

길어진 인생을 따라 '최선의 나'를 찾다

'지금'의 내가
가장 행복하다

지금의 나는 20대의 나보다 편안하다. 내가 누구인지 몰라서 답답하거나, 이 넓은 세상에서 무엇을 해야 할지 몰라 출렁대던 젊음이 사라졌기 때문이다. 이제 내가 할 수 있는 일은 아주 한정되어 있다는 것을 알게 되었다. 그나마 성공할 수 있을지도 확실하지 않다. 그러나 내가 어떤 사람인지 알게 되었고, 내가 원하는 것이 무엇인지 알게 되었기에 편안하다. 나이가 든다는 것은 불필요한 것들을 점점 줄여서 본질에 이르는 과정이다.

지금의 나는 30대의 나보다 열심히 산다. 언제까지나 '널널'할 줄 알았던 시간이 고갈되는 자원이라는 것을 알았으며, 죽기 전에 꼭 이루고 싶은 목표가 생겼기 때문이다. 인생은 때로 잔인하다. 무엇이든 소중한 것은 지나가버린 다음에야 그 가치를 알게 된다. 그중 으뜸은 시간이다. 시간이 무한한 자원이 아니라는 것을 깨달을 때쯤이면, 얼추 세월이 흐른 뒤일 것이다. 나이가 들면 돈보다 시간이 아까워진다.

30대에는 굳이 목표를 가질 필요가 없었다. 아이들을 키우고 가정의 틀을 만드는 것만으로도 바쁘고 충만했다. 어쩌면 그것이 30대의 목표였는지도 모른다. 그러나 결혼을 하고 아이를 낳는 것은 지극히 일반적인 통과의례이다. 중년에 이르면 의례적이고 보편적인 프로세스가 아닌, 나만의 목표가 절실해진다. 자연인으로서의 의무를 어느 정도 해냈으며, 삶의 기미를 알게 된 데다 갈수록 세월이 빨라지니, 독립된 개인으로서의 욕구가 전면에 부각되는 것이다.

지금의 나는 40대의 나보다 행복하다. 학원 운영이 전성기이던 그때, 나는 많은 것을 가지고도 고마운 줄을 몰랐다. 놀랍게도 나는 삶에서 가장 궁핍한 순간에 감사하는 마음을 배웠다. 궁핍해보아야 고마움을 안다. 그러니 비굴해지지 않을 정도의 자존심만 있다면 궁핍해보는 것도 괜찮다. 지금 내가 살아 숨 쉬는 것만으로도 고마워지니까 말이다. 삶은 고마움으로 충만해진다. 이것은 젊은 날에는 결코 알 수 없는 비밀이다.

돌이켜보면 나는 인생에 대해 배운 적이 없다. 나의 중·고등학생 시절은 거대한 입시공장에 불과했다. 자유와 자율을 반납해야만 버틸 수 있었던 수험생 생활이 끝나자, 이번에는 무한대로 주어진 자유 속에 내팽개쳐졌다. 나는 모든 것을 일일이 부딪혀가며 배울 수밖에 없었다. 부모님은 성실하셨지만 나는 부모님의 집을 떠났다. 가파르게 변하는 시대 속에서 대중화된 대학 교육을 받았으며, 자의식이 하늘을 찌르는 나에게 부모님은 이미 구세대였다.

선생님들도 역할모델이 되기에는 역부족이었다. 나는 오직 살아봄으로써 삶을 배울 수밖에 없었다. 뼈아픈 시행착오와 제 발등을 찍는 회한 속에 하나씩 깨우칠 수밖에 없었다.

하늘 아래 새로운 것이 없다는 말처럼 인생의 문제도 다 드러나 있는지도 모른다. 모든 사람은 개인으로서의 개별성 외에 인간으로서의 보편성도 가지고 있기 때문이다. 이미 해답이 나와 있는 문제를 저마다 제일 어려운 방법으로 겪으며 배워나가는 것이 삶인지도 모른다. 삶에는 반드시 직접체험으로 배워야 하는 부분이 있기 때문이다.

심지어 추친닝은 『승자의 심리학』에서 "운명의 길을 걷기 위해서는 부정적인 경험이 필수적"이라고까지 했다. "암울한 시기를 헤치며 인내하는 힘을 기르지 못한다면 밝아오는 여명을 보지 못할 것이기 때문"이라고 한다.

인생의 2막이라는 행운

　　　　　　　이제 젊음은 사라졌지만 나는 많은 것을 가졌다. 시간, 사람, 돈과 같이 중요한 인생의 소품에 대한 이해가 깊어졌고, 체험에서 나오는 여유와 자신감을 갖게 되었다. 한번쯤은 내가 원하는 삶을 살고 싶다는 절실함을 깨달았으며, 세상에서 제일 중요한 것이 인내심과 실행력이라는 것도 알게 되었다. 아! 그 많은 시행착오를 거치지 않고도 이런 것을 깨달았다면 얼마나 좋았을까, 저절로 한숨이 나온다. 거칠 것 없는 에너지가 있는 대신 겁이라곤 없던 젊은 시절에 이런 이치를 알았더라면 얼마나 좋았을까. 하지만 그럴 수는 없었을 것이다. 이 깨달음은 세월의 선물이기 때문이다. 인생의 전반전이라는 값비싼 수업료를 지불하고 얻은 소중한 배움이기 때문이다.

'철들자 망령'이라는 말처럼 예전 같았으면 일말의 깨달음을 얻는 순간 곧이어 쓸쓸히 퇴장해야 했을지도 모른다. 평균수명의 연장으로 우리가 다시 고쳐 살아볼 시간을 갖게 되었다는 것은 얼마나 다행스러운 일인가. 쓰디쓴 회한 속에 생을 마감하는 대신, 한층 성숙해진 2막을 시도할 수 있는 행운을 갖게 된 것이다. 오래 사는 사람은 자신에게 맞지 않는 것을 떨쳐버릴 수 있다. 길어진 인생을 따라 끊임없는 시도와 결과, 그에 따른 수정을 통해 자신의 자리를 찾아갈 수 있다. 그래서 그런지 요즘에는 비교적 늦은 나이에 직업 전환을 시도하는 사람들이 많아졌다. 성공적으로 직업을 전환하여 인생의 전반전에 뒤지지 않는 화려하고 멋진 2막을 열어젖히는 사람들도 많다.

실제로 후반생에 커다란 업적을 남긴 사람들의 숫자는 이루 열거할 수 없을 만큼 많다. 로버트 프로스트의 작품 중 42퍼센트는 50세 이후에 쓰여졌으며, 알프레드 히치콕은 54세에서 61세 사이에 〈다이얼 M을 돌려라〉, 〈현기증〉, 〈사이코〉, 〈북북서로 진로를 돌려라〉 같은 대표작을 남겼다. 대니얼 디포는 58세에 『로빈슨 크루소』를 썼다. 마크 트웨인은 49세에 『허클베리 핀』을 완성했는데, 좌절과 포기를 반복하며 책을 완성하기까지 10년이 걸렸다(「블로그 ‘그녀, 가로지르다’ http://bookino.net/에서 재인용). KFC의 트레이드 마크가 된 인물 할랜드 샌더스가 자동차 트렁크에 압력솥과 비밀의 향신료를 싣고 프랜차이즈를 모집하러 다니기 시작했을 때 그의 나이 65세였다. 유엔본부 건물을 설계한 브라질의 세계적인 건축가 오스카르 니마이어는 지금도 독일로부터 수상레포츠 시설 설계를 의뢰받는 100세의 현역이다.

장사익은 소리꾼으로 우리 앞에 서기까지 수많은 직업을 전전한 것으로 유명하다. 충남 광천의 농촌 태생의 그는 자라면서 노래 잘한다는 소리를 많이 들었다. 하지만 궁핍한 세월은 노래와는 담을 쌓고 살게 만들었다. 그러다가 배터리 가게를 하던 37세에 음악에 대한 그리움으로 태평소를 불기 시작한다. 그리고 전주대사습놀이 대회에서 태평소로 장원을 하면서 사물놀이패와 피아니스트 임동창을 만나게 된다. 그게 시작이었다. 첫 소리판을 열었던 1994년,

그의 나이 45세였고, 47세에 첫 앨범을 냈다.

　장르적으로나 스타일로나 그의 노래는 전무후무하다. 민요와 재즈와 로큰롤을 합쳐놓은 듯한 그의 노래는 이 세상에서 오직 장사익만의 것이다. 상여소리 같기도 하고 장터소리 같기도 한 그의 목소리는 듣는 이의 머리카락을 쭈뼛 서게 하고, 태곳적의 깊은 설움을 다시 만나게 한다. 그렇게 그의 노래는 사람들의 내면에 들어 있는 아픔을 훑어내리고 위로해준다.

　〈찔레꽃〉, 〈하늘 가는 길〉, 〈국밥집에서〉와 같이 장사익이 직접 만든 노래들은 물론 〈봄비〉, 〈빛과 그림자〉처럼 다시 부른 '장사익표' 유행가들은 언제 들어도 좋다. 할머니의 손길처럼 투박하고도 정겨운가 하면, 철썩이는 파도 같고 쏟아붓는 폭우같이 수줍은 포효, 누군가 그의 노래가 장강(長江) 같다더니, 정말 적절한 표현이다. 이처럼 맛깔스럽고 중독성 강한 자신만의 장르를 갖고 있는 장사익은 얼마나 좋을까.

　그는 노래를 하는 것이 자신이 유일하게 잘 할 수 있는 것이라고 말한다. 사람들이 가슴속에 숨긴 걸 끄집어내 개운해지도록 풀어내는 노래를 하고 싶다고 한다. 지금이 자기 길을 찾은 것이라고 한다. 노래하고 있는 그의 모습을 보면 그 말이 이해가 된다. 편안하고 소탈한 모습이 자부심으로 빛나며, 목소리는 갈수록 깊어지고 신명은 갈수록 도드라지고 마음 씀씀이는 갈수록 넉넉해진다. 자기를 필요로 하는 곳이 있으면 기꺼이 달려가는 모양이다. 자기다움을 찾은 자의 자족이 보기 좋다.

분야는 다르지만 '한스컨설팅' 대표 한근태의 삶도 꽤 드라마틱하다. 그는 서울대 공대를 나와 국비장학생으로 외국에서 공학박사 학위를 받은 공학도였다. 대우자동차에 입사하여 40세에 최연소 이사가 되는 등 승승장구하였지만, 그는 행복하지 않았다고 한다.

"꿈이 이루어지던 순간마다 행복했던 기억이 거의 없다. 만족감이 들기도 전에 또 다시 정복해야 하는 고지가 잽싸게 나를 짓누르곤 했다. 새로운 고지에 오르기 위해 다시 조급해하고 불평하고 피곤해했다. 항상 열심히 살아온 것 같은데, 삶이 나아지는 것 같지는 않았다. 무언가 변화가 필요했다. 이 불합리한 사이클을 왜 그토록 오랫동안 지속해왔을까."

결국 그는 전격적으로 직업을 바꾸는 결단을 내린다. 평소에 관심을 갖고 있던 경영컨설턴트로 변신을 한 것이다. 완전히 새로운 분야였으므로 3개월간 무보수 기간을 거치는 방법으로 바닥에서부터 시작했다. 그리고 2년간 컨설팅 실무를 익힌 뒤에는, 핀란드 헬싱키대학교에서 MBA 과정을 하는 등 심혈을 다해 도전했다.

이제 그는 한국 리더십센터를 거쳐 한스컨설팅의 대표이자 서울과학종합대학 교수이며 저술가로 자리 잡았다. 성실한 독서력과 독하게 살아낸 이력에서 우러나오는 진중함이 느껴진다. 그의 글에서는 자신감과 넉넉함, 자기 삶에 만족하는 자의 행복이 배어나온다. 아내와 두 딸 덕분에 점점 페미니스트가 되어간다는 그의 실토에서, 사랑과 신뢰와 조화와 도전이 균형 잡힌 가정이 엿보인다.

만약에 장사익이 책 외판원이나 주유원의 일상에 계속 머물렀다면, 우리는 소리꾼 장사익을 만날 수 없었을 것이다. 장사익은 아직 장사익이 아닌 것이다. 한근태가 마음의 갈등을 겪으면서도 관성과 사회 분위기에 밀려 안정된 회사 생활을 고집했더라면, 우리는 한근태라는 귀중한 사례를 만날 수 없었을 것이다.

정말 내가 하고 싶고 잘 할 수 있는 일을 찾기까지는, 어쩌면 나는 아직 내가 아닌지도 모른다. 나의 기질과 강점이 녹아들어 기꺼이 만족하며, 최고를 향해 나아가고 싶은 일, 그 과정에서 나도 행복하고 나 아닌 다른 누군가에게도 도움이 되는 일을 발견하기까지는, 아직 나의 삶은 진짜가 아닌지도 모른다.

제2장

하고 싶은 일 하면서 먹고살기

성장한 아이들을 떠나보내야 하는 것,

그리고 자연스럽게 개인적인 성취로

관심이 돌아가는 것이

모두 인간이라는 종에 내재된

프로그램이라는 이야기다.

내가 한 인간으로서 대단한

독자성을 갖고 있는 것 같아도,

인류의 보편성 안에 속해 있을 뿐이라는

생각도 든다. 그런데 그것이

갑갑하거나 빤하다는 생각이 들지 않고,

제대로 된 길에 들어섰다는

안도감이 느껴진다.

아이들을 놓아준 자리에 일을 세우다

"난 엄마를 놓아줄 거야"

사건의 발단은 고양이였다. 딸애는 전부터 고양이를 키우고 싶어 했다. 우리는 고양이를 키우는 것으로 거의 결정하고 구체적인 부분을 의논 중이었다. 나는 창문을 조금 열어놓고 고양이가 자유롭게 드나들게 하자고 했다. 집이 1층이라 가능한 일이었고, 나는 고양이에게도 가능한 범위 내에서 자유를 주고 싶었다. 하지만 딸의 생각은 달랐다. 고양이가 바깥으로 드나들면 지저분해지니 출입을 못하게 해야 한다는 이야기다.

"그럼 고양이는 평생 바깥 구경을 못하는 거네."

천생 자유주의자인 내가 말했다.

"그래야 깨끗하게 키우지. 껴안고 잘 수도 있고."

"아무리 미물이지만 어떻게 한 번도 바깥 공기를 못 쐬게 할 수가 있어, 그럼 내가 놓아주어야지."

"그럼 난 엄마를 놓아줄 거야."

헉! 엄마를 놓아주겠다는 딸의 말에 나는 그 자리에 얼어붙고 말았다. 아무 생각 없이 불쑥 나온 말이라는 건 안다. 하지만 어찌 보면 '불쑥'이란 없다. 적어도 한 번쯤은 생각했던 것이 무의식에 자리를 잡고 있다가 자기도 모르게 흘러나오면, 그게 바로 '불쑥'이다.

대학 3학년, 자전거를 타기 시작하면서 딸아이의 자존감은 급상승했다. 자기가 좋아하고 잘 할 수 있는 일을 발견하더니 자신감이 충만해졌다. 스스로 '업그레이드'되었다고 말할 정도이다. MTB 동호회 멤버들에게서 잘 탄다는 칭찬도 많이 들었다고 한다. 상대적으로 여자 선수층이 얇아 조금만 연습하면 두각을 나타낼 수 있다고 한 모양이다. 아이는 여행이나 레저스포츠에 대한 비전을 가지며 행복해했고, 그 분야의 책을 섭렵하기 시작했다.

그러면서 매사에 자신의 스타일을 고집하는 수가 많아졌다. 성장기에 나에게서 받은 설움을 톡톡히 되돌려주려는 것처럼 보이기까지 했다. 초보 엄마 시절 나는 딸아이의 장점을 알아보지 못했다. 내가 아이들에게 바란 것은 간단했다. 책을 좋아하고 어떤 분야에라도 집중력을 보여주기를 원했을 뿐이다. 원래 타고나기를 감정이 풍부했던 나는 아이들을 키우는 일에서도 아주 작은 것에 감탄하고, 별것 아닌 일에도 낙심하는 기분파였던 것이다. 내가 원하는 것을 보여주는 아들을 향한 칭찬을 보고, 어쩌면 엄마가 오빠와 자기를 차별한다고 기억하고 있을지도 모른다. 상대적으로 내가 원하는 것을 보여주지 않는 자신을 향했던 나의 서운함이 딸아이의 마음속에 상처로 남았을지도 모른다.

그런데 이제 상황은 역전되었다. 내가 아이들의 판단과 추인을 받아야 하는 시기가 된 것이다. 컴퓨터 활용능력은 물론 일상의 여러 가지 장면에서 아이들의 감각이 나보다 낫다. 특히 아이들의 경제 감각은 나를 훨씬 뛰어넘는다. 함께 장을 보러 가면 나는 신상품이나 디자인이 눈에 띄는 것을 찾고 아이들은 그중 저렴한 것을 찾아다니니, 우리는 바뀌어도 한참 바뀐 셈이다.

게다가 서로 사이가 좋을 때는 별 문제가 아니지만, 무엇엔가 꼬여 냉전 상태라도 되면 아이가 보내는 시선을 감당하기가 여간 힘든 게 아니다. 한때는 모든 것을 내게 의존하던, 작은 새처럼 연약한 존재였던 아이들이다. 특히 무언가를 결정하는 데 어려움을 겪는 성격의 딸은 매사에 내 의견을 물어오곤 했었다. 그런데 20년 동안 익숙해진 그 질서와 습관이 어느 틈에 조금씩 깨지고 있었다.

딸이 내 의견을 물어보는 일은 점차 줄어갔다. 스스로 결정하고 행동하는 일에 희열까지 느끼는 눈치였다. 그래도 딸하고는 알콩달콩 미묘한 감정싸움이나 있지, 아들은 시종일관 무심할 뿐이었다. 나에게 말을 거는 일도 별로 없었다. 이제 나에게 의지할 일도 관심을 기울일 필요도 없는 것처럼 보였다. 그런 아들에게 내가 가사노동 수행자로만 남겨진다는 사실은 실로 당황스럽고 수치스럽기까지 했다. 이제껏 자라면서 자기 일은 자기가 알아서 정확하게 하는 아이라 걱정 한 번 끼친 적이 없었다. 유독 나와 비슷한 점이 많기도 해서 '아! 이래서 아이를 분신이라고 하는구나'라는 즐거운 깨달음도 느낄 수 있었다. 그랬던 시절을 기억하는 나로서는 가슴이 철렁하는 변화였다.

아들이 이 글을 본다면 조금 억울할지도 모르겠다. 할 일 많고 생각 많은 복학생이 묵묵히 성실하게 자기 할 일을 하고 있었을 뿐일 테니까. 내 아이들의 태도는 의도한 것도 아니고 남들보다 더 심한 것도 아닐 것이다.

"그러고 보니, 나는 부모의 요즘 생활에 대해 아는 것이 하나도 없다. 원래부터 그저 거기 있는 존재일 뿐. 부모는 단 한 번도 나의 반짝거리는 탐구의 대상인 적이 없었다. 자식들이 모두 떠난 집에서 부모는 매일매일 어떻게 살아가고 있는 걸까. 부모에 대해 나는 얼마큼 알고 있을까."

정이현이 『달콤한 나의 도시』에서 이처럼 정확하게 표현했듯, 이 세상 모든 자식이 엄마에게 행하는 바로 그 태도로 이해하고 넘어갈 수 있는 일이기도 했다.

아이들은
아이들의 세상으로

　　　　　　그런데 돌아보니 나 역시 마찬가지였다. 마치 엄마가 내 감정을 받아주는 배설구라도 되는 양 조심성 없게 감정을 표출하고, 엄마는 원래부터 그 자리에 있던 존재인 것처럼 생각해 각별히 신경 쓰거나 배려하지 않았던 무심함. 나 자신이 숱한 세월 그래왔고 지금도 여전히 계속되고 있는 모습이었다.

　아! 친정어머니는 어떻게 몇 십 년 동안이나 이런 무심함을 견디면서 자식들을 향한 짝사랑을 유지할 수 있었을까? 하지만 나는 우리 어머니처럼 살 자신이 없었다. 그 숱한 짜증과 무례함을 다 받아주고 아이들이 쳐다봐주기를 고대하며 해바라기할 자신이 없었다. 그렇다면 어떤 엄마가 될 것인가? 고민은 많았지만, 적절한 애착과 분리의 균형을 잡을 수가 없었다. 그러던 어느 순간 내가 아이들보다 더 자주 서운해 하고 삐친다는 것을 알아차렸을 때의 기분이라니! 내가 아이들보다 더 사회적인 약자였던 것이다.

　'이거 장난이 아니구나', '있는 힘을 다해 내 존재감을 키우지 않으면 뒷전으로 물러앉는 것은 시간문제로구나' 하는 생각이 들었다. 아이들의 세계가 계속 넓어지는 것만큼 내 세계를 확장시키지 못한다면, 나는 그저 아이들이 물어다주는 정보에 의존해 살아가게 될 것이다. 내가 아이들에게 줄 수 있는 것은 점점 줄어들고, 나의 의견과 판단 역시 점점 비중이 약해질 것이다. 행동반경은 줄어드는데 오히려 소통에 대한 욕구는 커질 경우, 별로 중요하지 않은 말만 반복하게 되는 것은 시간문제였다.

맙소사! 내가 아무도 귀 기울이지 않는 말만 되풀이하는 처지가 되다니! 듣는 사람은 없는데 똑같은 말을 하고 또 하는 엄마라니! 나를 가장 필요로 하던 아이들에게서 내 존재 영역이 감소하고 있다는 기분은 정말이지 절망적이었다. 이것을 시작으로 세상 끝으로 내팽개쳐질 듯한 두려움은 공포에 가까웠다. 처음으로 내가 나이 들고 있다는 것을 통렬하게 느꼈다. 그 와중에 또 한 번의 시험이 있었다.

아들과 딸 둘 다 요리며 정리정돈을 좋아해 기꺼이 가사를 분담하고 있었다. 그런데 그렇게 잘하고 있는 아이들을 상대로 오히려 점차 가사를 전담하려 드는 나를 발견했다. 아이들을 위해서가 아니라 나의 영역을 고수하기 위해 나도 모르게 아이들의 시중을 들고 있던 것이다. 그 사실을 깨닫자 정말 죽을 맛이었다. 내 존재감을 확보하기 위해, 아이들에게 기회를 주지 않는 것은 성장을 가로막는 셈이었다. 거기까지 생각이 미치고 나서야 나는 아이들에 대한 집착에서 벗어날 수 있었다.

아이들은 분명히 독립된 성인이다. 아이들은 자신의 생각을 말하고 있을 뿐 나에게 대항하거나 나를 거부하는 것이 아니었다. 아이들이 독자적인 생각과 실천력을 갖고 있다는 것은 엄마에 대한 동조보다도 중요한 일이다. 이 세상에 어떤 관계도 고정적인 것은 없다. 모든 관계는 물 흐르듯 수시로 변화한다. 부모 자식도 마찬가지이다. 성인이 된 아이들을 대하는 것이 세 살배기를 대하는 것과 어찌 같을 수 있겠는가. 서로를 배려하고 예의를 지키는 것과는 별개로, 아이들이 자기 세상으로 나아가는 것은 기정사실이다.

나는 아이들과의 관계에서 삶의 한 페이지가 넘어갔다는 것을 깨달았다. 이제 아이들의 삶에 직접 관여하기보다 그저 지켜보아야 한다는 것도 알았다. 이제부터는 삶이 아이들을 다듬어나가도록 내버려둘 차례였다. 친정어머니가 그랬던 것처럼 모든 것을 자식에게 올인하고 자식만 쳐다보는 일은 차마 할 수 없었다. 마음 한 켠에 늘 어머니에 대한 부채의식과 죄책감을 안고 사는 것은 내 세대로 족하다. 아이들에게 '빚쟁이' 같은 존재로 남아 있어서는 안 될 노릇이었다.

『나이 먹는 즐거움』의 저자 박어진도 나와 비슷한 생각을 펼치고 있다. 그녀는 부모 자식 관계를 재정립하는 '가족세미나'가 필요하다고 말한다. 도대체 자식들에 대한 엄마의 A/S기간은 언제까지냐고 자문하기도 한다. 모든 인간관계의 기본원칙은 상호 존중인데, 자식들은 도무지 고마워할 줄을 모른다는 것이다. 이는 너무 가까워서 발생하는 문제이니 부모 자식 간의 안전거리 확보가 시급하다는 주장이다.

역사적으로도 부모와 자녀가 이렇게 오랜 세월을 함께한 적이 없었다. 1900년경에는 두 세대가 함께 보내는 시간이 20년 정도에 불과했는데, 오늘날 남성은 50년, 여성은 55년으로 늘어났다. 이 기간 중에서도 부모 대 아이로 지내는 시간은 20년에 불과하고, 성인 대 성인으로 지내는 시간이 훨씬 길다. 부모와 자식 간에 새로운 관계를 맺지 못하면, 만만치 않은 갈등이 빚어진다. 혈연이라는 이름으로 부모에게 기대하거나 강요하는 헌신이 멍에가 되지 않아야 하며, 그 반대 경우도 마찬가지이다. 나는 아이들을 홀가분하게 놓아주기로 마음먹었다. 그야말로 성인 대 성인으로, 적절한 거리감과 예의를 가지고 아이들을 대하려고 노력하기로 했다.

아이들이 떠난 자리에 찾아온 '일'

이제 오롯이 내 문제만 남았다. 인생의 숙제를 어느 정도 마무리하고 나자 엄마로서의 역할 역시 새로운 국면으로 접어들었다. 이제 '엄마'라는 이름을 벗고 다시 자연인으로 돌아가 나의 삶을 개척할 시점이었다. 50대가 되었다고는 하나 나는 여전히 젊은 날의 호기심과 열정, 욕구와 충동을 고스란히 간직하고 있었다. 게다가 성인이 되어 이제까지 지내온 시간과 똑같은 시간이 또 한 번 남아 있다. 이 길고 긴 시간을 어떻게 충만하고 의미 있게 살아낼 것인가. 그 순간 나는 내게 목표가 있다는 사실이 눈물 나게 고마웠다.

나는 책을 쓰고 강의를 하는 프리랜서가 되고 싶었다. 이를 위해 최근 3년간 집중적으로 준비도 해왔다. '중년의 글쓰기' 혹은 '나를 찾아가는 자서전 쓰기' 같은 아이템을 염두에 두고 있다. 우선 한 군데에서라도 강의를 시작하면 이를 발판 삼아, 나의 주된 관심사인 중년의 의미를 조명하는 책을 계속해서 써나가면서 나만의 브랜드를 키워나갈 생각이다. 물론 말처럼, 계획처럼 쉽지는 않겠지만, 다른 누구보다도, 나이 들어가는 나 스스로를 대상으로 시도하고 탐구하는 나의 삶 자체이므로, 한두 번의 좌절이 있다 해도 멈출 수 없을 것 같다.

글쓰기는 내가 잘할 수 있는 유일한 일이었다. 다른 사람을 도울 수 있는 최소한의 전문성이 내게도 있다면 그것은 글쓰기가 유일했다. 글쓰기는 스스로 몰두할 수 있는 즐거움이요, 넘치는 시간을 유용하게 사용하는 소일거리요, 다른 사람들을 만날 수 있는 연결 고리였다. 나의 정체성이자 내가 쉬지 않고 성장해갈 수 있는 기회였다. 멋모르고 그 귀한 시간을 모두 허비해버린 늙지도 젊지도 않은 여자에게 하늘에서 내려준 귀한 동아줄 같은 것이었다.

나는 이 동아줄을 있는 힘을 다해 붙잡기로 마음먹었다. 이제 예전처럼 흉내만 내서는 되는 일이 없다는 것을 깨달았다. 인생이라는 것, 사람의 마음이라는 것이 작은 틈새 하나에도 산산조각이 날 정도로 허약한 것이라는 사실도 알았다. 이미 시간도 얼추 허비한 터였다. 조심조심 두려운 심정으로 마음을 다하지 않으면 볼썽사나운 꼴이 될지도 몰랐다. 있는 힘을 다해 한 번 살아보리라. 내가 바라는 내가 되고야 말리라. 내가 원하는 삶을 얻기 위해 무슨 일이라도 할 수 있고, 무슨 일이라도 할 수밖에 없는 심정이었다.

아이들을 떠나보낸 자리에 이렇게 '일'이 자리를 잡는 것이 보였다. 아이들이 중요하지 않아서가 아니라 나의 삶과 존재를 좀 더 넓은 곳으로 확장해야 할 시점이 된 것이다. 중년에 '일'이 새롭게 대두되는 이유를 알 것 같았다. 중년의 궁극적인 기쁨의 원천은 일인지도 모른다.

오늘날 중년 여성들은 자녀들을 세상에 내보낸 다음 새로운 일을 다시 시작한다. 그리고 사회적인 장벽에도 불구하고 많은 여성들이 놀랄 만한 성공을 거둔다. 그런데 이것은 단순히 현대 페미니즘의 성과는 아니다. 오히려 중년 여성들의 인생 후반전을 '무의식적인 원형'으로 해석하는 견해도 있다.

빅토리아 시기에도 많은 여성들이 중년 이후 자신들의 이름을 남겼다. 남편이 죽은 다음에 바깥일을 떠맡아 더 크고 더 많은 이윤을 남기는 회사를 설립하기도 했다. 아프리카나 아시아에서도 성적 터부들을 딛고 많은 중년 여성들이 자유롭게 여행하면서 상업이나 무역 활동을 한다. 말레이시아에서 중년의 해방은 놀랄 만한 파생 효과를 갖는다. 뉴질랜드에서도 중년의 마오리 여성들은 최근 전해 내려오는 정신적인 전통을 다시 부활하는 데 주도적인 역할을 한다. 이는 마오리 문화에서 전반적인 르네상스의 화살을 당겼다. 이렇듯 중년에 들어서 여성이 힘을 회복하는 것은 중국처럼 고도로 가부장적인 문화에서도 관찰된다. 중년 이후 여성들의 권위는 훨씬 더 커지고 남편들은 그저 상징적인 어른으로 남게 된다.

중년 여성이 사회적인 역할에 집중함으로써 놀라운 성취를 이루는 것이 '무의식적인 원형'이라는 결론에서 나는 깜짝 놀랐다. 알렌 B. 치넨은 『인생으로의 두 번째 여행』에서 전 세계의 민담과 이야기를 수집, 분석해서 이러한 결론을 도출해냈다. 성장한 아이들을 떠나보내야 하는 것, 그리고 자연스럽게 개인적인 성취로 관심이 돌아가는 것이 모두 인간이라는 종에 내재된 프로그램이라는 이야기다. 내가 한 인간으로서 대단한 독자성을 갖고 있는 것 같아도, 인류의 보편성 안에 속해 있을 뿐이라는 생각도 든다. 그런데 그것이 갑갑하거나 빤하다는 생각이 들지 않고, 제대로 된 길에 들어섰다는 안도감이 느껴진다. 내가 힘써 이 길을 가면 무의식적인 원형과 누적된 역사의 힘이 나를 지원해줄 것이라는 확신이 솟는다.

그렇다고 중년에 이룬 성과가 반드시 거창할 필요는 없다. 각자 처한 상황에서 자신이 원하는 일에 의미를 부여하고 재미있게 행하면 충분하다. 그럴 수 있는 가능성은 아주 높다. 나이가 들수록 일의 맛과 멋을 느낄 수 있고, 감사하는 마음이 생기기 때문이다.

윤광준의 『내 인생의 친구』에는 아주 감동적인 사례가 하나 나온다. 저자의 부모님은 칠순의 나이에 국밥집을 개업하셨다. 자식들에게 신세지지 않는다는 말씀은 물론, 사람은 늙을수록 할 일이 있어야 한다는 평소 지론을 실천에 옮기신 것이다. 어느 날 어머니가 꿈에서 "많은 사람들에게 맛있는 밥을 먹여라! 그것이 네가 사는 길이니라"는 음성을 들으신 뒤로 두 분은 해장국집을 하기로 결정하셨다. 부대끼는 속을 풀어주고 값싸게 먹을 수 있는 해장국은 현몽을 구체화하는 데 제격이었다. 보통 사람들의 밥집이라는 뜻으로 윤광준이 '平凡 해장국'이라는 상호를 지어드렸다.

두 분은 종업원을 두라는 자식들의 성화도 물리치고 내외가 식당에 정성을 다하셨다. 당신이 만든 음식을 사람들에게 더 맛있게 먹이려는 작은 실천은 아름답기까지 했다. 사골과 소고기로 국물을 내고 갖은 양념을 하고 고비나물, 토란대, 박줄기가 들어가는가 하면 양 곱창과 들깨를 갈아 넣었다. 신선한 재료를 위해 직접 시장에 나가 식재료를 조달했으며, 음식 담는 그릇도 사기그릇만 고집했다.

무거운 그릇을 걱정하며 이렇게까지 할 필요 없다는 아들의 말에는, "너나 걱정하라!"는 역공이 돌아왔다. 음식은 언제나 넉넉하게 담아주었다. 아버지는 아무리 손님이 밀려도 서두르지 않았고 어머니는 더 많은 사람들에게 당신의 음식을 먹이기 위해 분주했다.

집에서 쉴 때면 몸이 아파왔고 힘든 일을 할 때 생기와 기력이 솟았다. 가만히 앉아 있다는 것은 곧 죽음을 부르는 행동이란 것을 몸으로 받아들이는 듯, 사람들에게 밥을 먹이는 행동이야말로 곧 스스로와 모두를 살리는 방법임을 믿어 의심치 않았다.

'平凡 해장국'은 여의도 식도락가들이 인정하는 3대 맛집에 꼽힐 만큼 유명해졌으며, 부모님께서는 파주 통일동산에서 여의도 식당까지 50킬로미터가 넘는 거리를 운전으로 출퇴근하시며 마냥 행복해하셨다.

부모님의 삶을 지켜보며 아들 윤광준은 이렇게 쓰고 있다.

"올바른 삶이란 자생력으로 유지되는 건강함과 활력의 표출일 것이다. 무력한 노인이길 거부하는 의식의 투명함과 아직도 할 일이 남았다는 사명감은 인간 승리의 표상이기 때문이다. 아름다운 마지막 불꽃을 꺼트릴 권리는 자식에게도 없다."

나는 이분들의 마음가짐에 우리가 따라야 할 것이 모두 숨어 있다고 생각한다. 나이 들수록 할 일이 있어야 한다는 지론, 자신들이 할 수 있고 주위 사람에게 도움이 되는 아이템을 결정한 부분, 내가 선택한 일에 지극 정성을 기울이시는 부분이 모조리 귀감이 된다. 가족의 울타리를 넘어 사회로 뻗어가는 측은지심에 이르러서는 조용한 감동이 밀려온다. '일은 사랑이 가시화된 것'이라는 칼릴 지브란의 말을 몸소 실천하는 것이 아닌가. 이분들의 사례는 그 어떤 유명인의 성취보다 내 마음을 울린다. 이런 요소를 모두 갖추었다면, 세상에 작은 파장 하나 일으키는 것은 시간문제이다.

칠순에 이른 분들이 하신 일을 좀 더 젊은 우리가 하지 못할 게 무엇인가.

이 모든 사람들에게
나는 자신 있게 말할 수 있다.
자신이 원하는 삶을 이루기 위해서는
당신들이 가진 그 정도 재능이면 충분하다고,
재능보다는 오히려 자신이 원하는 것을
명확하게 설정하고
매일 그 길을 향해 걸어가는 것이
더욱 중요하다고 말이다.

지금 시작해도 늦지 않다

"그래! 역시
되는 거였어!"

　　　　내가 쉰 살이 되던 해에 책을 쓰고 싶다고 말했을 때, 주위의 반응은 그다지 고무적이지 않았다. 누군가는 "나이가 쉰이야!"라고 외쳤고, 또 다른 누군가는 책 써서 먹고살기가 얼마나 어려운지 아느냐며 조심스럽게 우려를 표했다. 한쪽 귀로는 그런 말을 듣고 있을 수밖에 없었지만, 한편으로는, 그렇다면 쉰 살이 된 사람은 어떻게 살아야 하는지, 또 안 된다는 생각부터 하면 할 수 있는 일이 정말 없을 것이라는 생각이 들었다. 결과적으로 나는 본격적인 독서를 시작한 지 3년 만에 '내 책'을 내는 기회를 갖게 되었다.

'책을 쓰고 싶다'고 마음먹고 나서부터 나는 비정규적인 아르바이트를 해가며 읽고 쓰는 일로 주요 일과를 삼았다. 그날의 컨디션에 좌우될 때도 있었지만, 3년 동안 꾸준히 250여 권의 책을 읽고 500여 편의 짧은 글들을 썼다. 글을 쓴 뒤에는 구본형변화경영연구소 웹사이트나 내 블로그에 올리곤 했다. 그 사이 출간기획안을 두 번 작성하여 각각 서너 군데 출판사에 보낸 적이 있는데 연락은커녕 가부간에 피드백도 받지 못했다. 그처럼 무언의 거절을 당하거나 또는 연구소 후배들이 속속 자신의 책을 출간하는 것을 지켜보면서 나도 모르게 의기소침해지기도 했다. 하지만 간간히 슬럼프에 빠지긴 해도, 이 길이 내 길이라는 사실을 의심한 적은 한 번도 없었다.

그러나 다행히 지금 나는 지난 2년간 끌어안고 있던 주제를 가다듬어 이렇게 한 권의 책을 쓸 수 있게 됐다. 내 책을 낸다는 것이 아직은 잘 실감 나지 않는다. 아마 인쇄와 제본까지 모두 마치고 나온 책을 직접 손으로 만질 때쯤이면, 날아갈 것 같은 기분이 들지 않을까. 자신의 첫 시집을 일 년 동안 품에 안고 자고, 베개 밑에 넣어두었다가 수시로 꺼내 읽었다던 어느 시인의 심정이 이해가 간다. 첫 책과 조우할 시점의 감탄사도 미리 정해두었다. "그래! 역시 되는 거였어!"

커뮤니티의 중요성

하지만 내가 혼자였다면 아마 포기했을지도 모른다는 생각이 든다. 나의 역할 모델인 구본형 소장님과 나보다 앞서가며 책을 낸 동료 연구원들이 없었다면 정말 힘들었을 것이다. 가령 이런 경험도 커다란 도움이 되었다. 2007년에 연구소에서는 소장님을 주축으로 연구원 7명이 '강점 찾기'라는 주제로 공저를 기획했다. 기획안을 구체화하고 집필 시간을 가질 겸 우리는 지리산으로 2박 3일간 저술여행을 떠나기로 했다. 이미 내 책에 대한 꿈을 가지고 준비해가는 과정에 있던 내게 그 여행은 최고의 시간이었다. 그때의 경험을 나는 이렇게 썼다.

"5월의 끝, 신록에서 초록으로 가는 중, 사람으로 치면 막 사춘기를 벗어나, 풋내와 성숙한 내음이 뒤섞인 묘령의 숲이 향기로웠다. 전날 내린 비로 불어난 개울물이 힘차게 소리 지르며 내려갔다. 회색 구름이 빠르게 움직이며 푸른 하늘이 드러났다. 산할아버지가 구름모자 쓰고 있는 지리산 줄기, 이모작을 하느라 누렇게 익은 보리와 밀이 초록색 배경 속에서 이국적인 색채를 연출하고 있었다. 우윳빛 마가렛, 붉디붉은 작약, 노란 붓꽃, 보라색 물이 뚝뚝 떨어지는 자주달개비 옆에서 순한 강아지 몇 마리가 낯선 이에게 꼬리를 흔들었다. 이따금 정적을 깨고 꿩 울음소리가 울렸다.

하동군 악양면 꽃뫼 자락의 황토집, 2박 3일간 오로지 책 쓰는 이야기만 하자는 구본형 소장님의 부드러운 엄명 아래 우리는 치열하게 책에 관한 토론을 펼쳤다. 처음 해보는 공저 실험이므로 독자에게 도움이 되는 책을 쓸 수 있을까 반신반의하기도 했다. 그러나 토론을 거듭하며 좋은 책을 쓸 수 있다고 확신하게 되었고, 자연스레 세부적인 상황에 대해서도 의견 일치를 보게 되었다. 한 사람씩 자기 사례에서 도출해낸 강점 발견법에 대해 발표하면 다른 사람들이 집중적으로 피드백을 해주는 방식이었는데, 시간이 흐를수록 우리의 기획은 형태를 갖추어가며 충실해졌다. 점차 자신감이 차오르며 우리 모두 흡족하고 행복해졌다. 생각하고 토론하고 글을 쓰는 일을 가지고 이렇게 잘 놀 수 있다니, 늦도록 계속된 토론 사이사이 차분한 낙수 소리가 꿈만 같았다.

이곳이 어디인가, 이들이 누구인가. 나는 2박 3일간의 순간순간을 아까워하며 음미했다. 아주 오래전부터 내가 원해온 삶의 방식이 여기에 있었다. 주제가 있는 토론, 말이 통하는 지기, 지식을 생산해내는 공동체, 조용한 희열이 몰려 왔다."

2007년 지리산 저술여행은 내 삶에서 가장 빛나는 장면 중 하나가 되었을 뿐만 아니라, 내가 진정 좋아하는 것이 무엇인지 깨닫는 계기가 되었다. 나는 스스로 가치 있다고 여기는 것을 창조하는 일에 관심이 있었던 것이다. 그래서 의례적이고 사교적인 인간관계에 의미를 둘 수 없었고, 그저 먹고 살기 위한 일에도 신명을 바칠 수 없었던 것이다. 지식의 공동 생산. 이것이 나를 기쁘게 하고 몰입하게 하는 일임을 깨닫자, 이제 남은 것은 마음을 다하여 그 길을 걸어가는 일뿐이었다.

이때 쓴 원고가 2008년에 『나는 무엇을 잘할 수 있는가―내 안의 강점 발견법』이라는 제목의 책으로 묶여 나왔다. 여러 사람이 참여하다 보니 내 원고는 A4 용지 18장에 불과했지만 공저가 한 권 생긴 셈이다. 나의 정체성을 말해주는 이력 한 줄이 더 생겨서 아주 기쁘다. 이처럼 공저를 쓸 때의 희열, 출간으로 자신의 꿈을 실현해가는 동료 연구원을 볼 때의 부러움과 시샘이 나를 포기하지 못하게 했다. 계속해서 '나도 하고 싶다', '나도 할 수 있다'는 자기최면을 걸 수 있었던 것이다. 꿈을 이루고자 하는 사람에게는 같은 길을 가는 사람들의 존재, 즉 커뮤니티가 꼭 필요하다.

숙제 끝, '아트' 시작

내가 만일 적지 않은 나이에 직업 전환에 성공한다면 성공의 가장 큰 힘은 '나답게 살고 싶다'는 열망일 것이다. 동아닷컴에서 중년에 터닝포인트를 맞이한 사람들에 대한 연재 기사를 쓰고 있는 김희경 기자의 시선에서도 나와 같은 생각이 엿보인다. 김희경 기자의 연재물에는 대기업 디자이너에서 소믈리에로, 엔지니어에서 식당 경영자로 변신하는 등 전혀 상관없어 보이는 직종을 종횡무진 넘나든 사람들이 등장한다. 과거 우리나라에서는 왜 마흔만 넘으면 인생이 모두 똑같아지느냐는 한탄이 있을 정도로, 기성세대의 라이프스타일이라는 것이 한정되어 있었다. 그런데 세상이 많이 달라졌다. 세속적인 판박이 성공이나 기득권을 버리고 내면의 부름을 따라나서는 사람들이 아주 많아진 것 같다. 김 기자는 이러한 터닝포인트를 가능케 한 요인으로, '내 것, 내 인생에 대한 강렬한 소망'을 꼽았다. 우리나라 특유의 가족중심주의 혹은 체면 위주의 관례를 깨고 건강한 개인주의가 뿌리를 내리고 있는 모양이다.

이 연재물을 보면 중년에 터닝포인트를 감행한 사람들의 다양한 사례를 접할 수 있어서 좋다. 어떤 경험을 가진 사람이 어떤 선택을 하는지 지켜보는 것도 흥미롭고, 그 선택의 스펙트럼이 아주 넓다는 점에서 대리만족을 느끼기도 한다. 이처럼 다양한 사례를 접하다 보면, 내 마음속 깊은 곳에 상상으로만 존재하는 욕구도 그다지 불가능해 보이지 않는다. 마음 가는 대로 살아도 큰일 나지 않으리라는 생각이 스멀스멀 피어오른다.

정한진 씨는 파리 제8대학에서 미학 전공 박사과정을 밟다가 마흔에 요리사로 변신한 경우다. 그는 어려서부터 요리에 매료되었다. 어디 가서 맛있는 걸 먹으면 그 맛을 기억했다가 집에 돌아와 그대로 만드는 것이 어렵지 않았다고 한다. 고3 때도 김장을 할 정도로 요리가 생활화되어 있었다. 미학을 전공하는 것에 회의가 생겼을 때, 어려서부터 마음이 이끌렸고 몸으로 익숙해진 요리로 방향을 전환했다. 지금은 전문대 교수로 있지만 꼭 해보고 싶은 자신만의 요리가 있다고 한다. 창업을 하고 싶었는데 그러지 못했다는 것이다. 그러니 삶의 전환은 한 번에 그치는 것이 아니라 지속적으로 이루어질 가능성이 높다.

심바루 씨는 46세에 밴드와 퍼포먼스를 하는 종합 예술인으로 변신한 경우이다. 그는 미국 유학을 다녀와 외국계 회사를 다니며 수직 상승 인생을 살았지만, 늘 '내 삶은 가짜'라는 생각이 머릿속에서 떠나지 않았다. 가족이 불편함 없이 살 정도의 재산을 모은 다음에 그는 자유를 택했다. 재산은 모두 아내 명의로 하고 그는 한 달에 30만 원 용돈을 받아 산다. 밴드와 퍼포먼스가 주요 일과다. 이제 자신의 삶에서 성공과 풍요는 더 이상 중요한 가치가 아니라고 말한다. '재미있고, 특이하고, 용감하게 사는 것'만이 삶의 목적이다. '똑바루 살자'에서 따와 '심바루'라는 이름도 새로 지었다. 원래 예술가적인 끼가 많은 사람이라고 볼 수도 있겠지만, 더 이상 미룰 수 없다는 절박함과 마음 가는 대로 살고 싶다는 자유 본능은 누구에게나 존재한다는 것이 심바루 씨의 생각이다. 그의 지론이 가슴을 파고든다. 생존과 번식이라는 공식은 끝났다. 숙제는 이제 다 했으니 이제 뭐든 마음 가는 대로 '아트'로 살겠다는 것이다.

자전거 여행가 차백성 씨는 변신이 늦은 편이다. 25년간 근무하던 대우건설을 퇴직했을 때 그의 나이 49세였다. 그러고는 9년째 전업 자전거 여행가로 활동 중이다.

아버지를 일찍 여의어서 그런지, 그는 일찍부터 삶과 죽음에 대해 생각하기 시작했다. 잘 살다가 잘 죽고 싶었다. 'well-being'과 'well-dying'을 일찌감치 깨우친 셈이다. 위인전을 읽으며 그들처럼 되고 싶었다. 아무리 생각해도 세종대왕이나 에디슨은 못 될 것 같았고, 여행가 김찬삼처럼은 살 수 있을 것 같았다. 그래서 일생의 꿈을 여행가로 삼았다. 어려서부터 책도 한 권 쓰고 싶었다. 그는 그 꿈을 다 이루었다. 9년 동안 자전거로 일본, 중국, 인도네시아, 뉴질랜드, 유럽 등지를 두 번 돌았으며, 세 번에 걸쳐 미국을 여행하고『아메리카 로드』라는 책을 펴냈다.

나는 내가 속한 조그만 자기계발 모임에 그를 초대하여 특강을 들을 기회를 마련했다. 그의 프로필만 보면 터프하고 앗쌀한 풍운아의 기질을 상상하기 쉬운데, 전혀 그렇지 않았다. 누구보다 깐깐하고 성실한 회사원의 모습이었다. 과연 그의 자전거 여행에도 꼼꼼하고 정확한 면모가 진가를 발휘하고 있었다. 그는 생활과 풍류라는 두 마리 토끼를 모두 잡은 사람 같았다.

그는 그저 '기분 풀러' 여행을 다니는 게 아니다. 반드시 테마를 갖고 떠난다. 뉴질랜드에서는 '자연'이었고, 지금 준비하고 있는 일본 여행에서는 '역사'이다. 이미 일본의 근현대사에 관한 책을 30여 권 읽었다고 한다. 일본 안의 한국에 대해 집중 탐사하고 싶다고 한다. 여행기는 출발하기 전에 절반은 쓰는 것이라고 생각한다.

아무리 조그만 분야라도 일가를 이루려면 전력투구해야 한다는 생각을 갖고 있는 그는 자전거 여행에 사활을 걸었다. 이제 국내에서는 자전거 여행에 대해서는 누구와도 대화할 만하다는 자부심을 갖고 있다.

"편한 곳으로만 다니려면 뭐 하러 여행을 가나, 집에 있지."라고 신조처럼 생각하는 그는, 여행 가서는 양변기에 앉지 않는 것이 철칙이다. 캠핑을 원칙으로 하되, 대엿새에 한 번씩 유스호스텔처럼 숙박비 저렴한 곳에 들러 샤워도 하고 피곤을 풀어준다. 모든 숙박 장비를 싣고 다녀야 하므로 짐을 이고 다니는 형국이다. 그렇기 때문에 짐을 쌀 때 무조건 줄여야 한다. 심지어 칫솔도 제일 작은 것으로 고르는 식이다.

이처럼 철저한 자기관리가 돋보이는 한편 확실히 인생의 경륜이 느껴졌다. 그의 책 『아메리카 로드』에서도 그런 면면이 두드러진다. 흔히 여행기라는 것이 여행지에서의 풍광이나 에피소드를 중심으로 하기 쉬운데 그의 책은 역사에 많은 비중을 할애하고 있다. 일회적이고 표피적인 감상보다 좀 더 뿌리 깊은 접근법이다. 자신의 길을 찾고 싶다고 너무 일찍부터 조바심 내지 말고, 생활인으로서의 의무를 어지간히 해낸 다음에 꿈을 찾아 떠나도 늦지 않는다는 말에서도 연륜이 느껴졌다. 무엇이든 경험이 뒷받침된 말에는 무게가 실린다. 25년간 한 직장에서 근무했으며, 그중 10년 이상을 아프리카 수단 같은 오지의 건설 현장에서 일하며 보낸 사람, 동시에 가장 역할을 충실히 하면서도 30년간 품고 있던 꿈을 이룬 사람의 자신감이 은은하게 빛나는 대목이었다.

차백성 씨는 환갑을 앞두고 있는 사람이라기에는 너무 젊어 보였다. 자전거로 다져졌을 하반신의 근육이 탄탄해 보였다. 그의 최종 목표는 카이로의 피라미드에서 케이프타운의 희망봉까지 13,000킬로미터의 아프리카를 종단하는 것이라고 한다. 여행의 모든 과정에 심혈을 기울이는 전업 자전거 여행가이며, 꼼꼼하면서도 강인한 그의 스타일로 미루어 짐작하건대, 목표를 달성할 확률은 높아 보인다. 남들이 눈가의 주름살이나 시력 감퇴 같은 사소한 징후에 예민하게 반응하여 지레 늙어갈 때, 그는 아프리카를 자전거로 달린다니 얼마나 멋진 일인가.

당신이 가진 재능만으로도 충분하다

그렇다면 여기에서 한 가지 의문이 생긴다. 이처럼 기어이 자신의 꿈을 실현시키는 사람들도 있는데, 왜 어떤 사람들은 사소한 장애물이나 과거의 실패에 사로잡혀 부정적인 생각에서 벗어나지 못하는지 말이다. 내 주변을 둘러보기만 해도 출중한 재능이나 변화에 대한 절실함은 있는데 도약하지 못하는 지인들을 종종 볼 수 있다. 여러 사람에게 즐거움을 주는 유머감각 있는 글쓰기 실력을 묵히고 있는 사람이 있는가 하면, 상담에 뛰어난 자질을 자신의 강점으로 인식하지 못하는 경우도 있다. '이만하면 되었지' 싶다가도 수시로 출렁거리는 중산층의 전업주부는 더 많다. 이들은 일상생활 속에서 무언가 부족한 것을 느끼지만 그 자리에 강력한 무엇을 세우지는 못한다. 온갖 합리화로 자신을 달래며 취미 생활에 몰두하기도 한다. 취미 생활이 나쁘다는 것이 아니라 도전과 성취에 대한 두려움을 회피하느라 억눌린 마음으로 그 일을 하고 있다는 것이 마음에 걸린다.

이 모든 사람들에게 나는 자신 있게 말할 수 있다. 자신이 원하는 삶을 이루기 위해서는 당신들이 가진 그 정도 재능이면 충분하다고, 재능보다는 오히려 자신이 원하는 것을 명확하게 설정하고 매일 그 길을 향해 걸어가는 것이 더욱 중요하다고 말이다.

샥티 거웨인이 아직 무명이었을 때, 그녀는 "내 삶은 놀라운 방식으로 열리고 있었지만 물리적으로 내세울 것이 없었다"라고 쓴 적이 있다. 이 문장은 내 상황을 나보다도 더 정확하게 표현한 것 같았다. 이런 문장을 볼 때면, 대단한 성공을 거둔 사람들도 모두 그처럼 막막한 시절을 거쳤다는 것이 위안이 되면서, 나의 '내세울 것 없는' 시절을 잘 버티는 힘을 얻게 된다.

정문술의 『아름다운 경영』에서는 "오동나무는 세 번 잘라줘야 하는 법이네. 기를 죽여야 크게 자라지"라는 문장을 접했다. 이 문장을 읽으며 조금 울었다. 나를 크게 키우기 위해 제대로 잘려 있던 시점이었기 때문이다. '나는 아직 정문술 씨 같은 어려움의 반의반도 안 겪었어. 그가 한 노력의 발뒤꿈치도 못 따라가.' 이런 생각이 들면 조금 움츠러들었던 마음이 사라지고 다시 한 번 해볼 생각이 들었다.

월터 B. 피트킨은 인생이 사십부터 시작된다고 주장한다. 젊을 때는 아직 분명한 것이 없기 때문에, 넘치는 에너지를 체계화할 수 없고, 어설픈 야심과 터무니없는 꿈과 진정한 소망을 구분할 수도 없다고 한다. 그래서 젊을 때는 숱한 모색과 흥분에도 불구하고 좀처럼 행복하지 않은지도 모른다.

젊은 시절에는 배울 수는 있으나 지혜롭지 못하고, 정보를 널리 접할 수는 있으나 노련해질 수는 없다. 배움을 내 것으로 흡수하기 위해서는, 반드시 직접 체험으로 걸러져야 되는 부분이 있기 때문이다. 게다가 행복하기 위해서는 성취와 자기실현만으로는 부족하다는 것이 저자의 생각이다. 한숨 돌리고 자기실현을 즐기는 자세가 필요한데, 이 역시 젊을 때는 기대하기 어렵다는 것이다. 결론적으로 저자는 마흔 이전에 하는 일은 별로 중요하지 않다고까지 단언한다.

나이가 들면 에너지의 총량은 감소할지 몰라도, 에너지의 효율적인 사용이 가능하기 때문에 더 많은 성취를 할 수 있다. 젊은 날 'horse power'를 탕진했다면, 마흔에는 'mouse power'만큼 작은 에너지도 낭비하지 않게 된다. 이것이 나이 든 사람들이 더 많은 성취를 할 수 있는 비밀이다. 노년에 『파우스트』와 『빌헬름 마이스터의 수업시대』를 완성한 괴테는 76세에 이렇게 적고 있다.

"나는 잠이 오지 않는 긴 밤에 모호하고 대략적인 생각에 빠지지 않고 다음날 할 일을 정확히 숙고했다. 아침에 시작할 수 있고 가능한 한 시행할 것들을 말이다. 그렇게 나는 더 많은 일을 하고, 다시 내일이, 영원히 내일이 있다고 믿거나 그렇게 말할 수 있었던 날들에 게을리 했던 일들을 할당받은 날들에 꼼꼼하게 완수한다."

내일이 오지 않을 수도 있다는 것을 알게 된 세대가 과업을 완성할 수 있는 열쇠가 여기에 숨어 있다. 현존하는 가능성 중에서 실현하고자 하는 것을 선별하여, '할당받은 날'에 본질적으로 집중할 것. 정확한 일을 정확하게 하라.

놀랍게도 월터 B. 피트킨의 『인생은 사십부터』는 1932년에 출간되었다. 그렇다면 오늘날에는 몇 살부터 진짜 인생이 시작된다고 보아야 할까?

이제 나는 무턱대고

에너지를 발산하는 것이 아니라,

내 콘텐츠가 구체적으로

어떤 사람들에게 도움이 될 수 있을지 고민한다.

나의 독특함을 내세우기보다

세상에 수용되는 사람이 되기 위해

애쓰게 되었다.

내가 가진 것으로 다른 사람들을

도와주는 것이 얼마나 소중하고

짜릿한 경험인지 알게 되었다.

내가 바로
'브랜드'다

'나물이'라는 닉네임을 쓰는 저자가 있다. 그는 중앙대 한국화과를 졸업한 뒤 동화책 일러스트레이터와 쇼핑몰 웹디자이너로 일하고 있었다. 그러는 한편 과거에 오랫동안 백수 생활로 다져진 요리 솜씨를 바탕으로 자신의 홈페이지에 간단한 요리법들을 올리기 시작했다. 그런데 이게 대박이 났다. 백수 독신남의 현실에서 비롯된 값싼 재료를 이용한 간단한 요리가 실용 요리를 찾던 사람들에게 어필한 것이다. 온라인상에서의 폭발적인 호응은 책 출간으로까지 이어졌고, 2003년 출간된 『2000원으로 밥상 차리기』는 '신개념 요리책'으로 호평받으며 그를 오프라인에서도 유명인사로 만들어주었다.

그의 요리법은 어딘지 모르게 거리감 있고 어렵게 느껴지던 기존 요리책의 레시피와 분명히 달랐다. '그램'이나 'cc' 같은 단위 대신 종이컵이나 밥숟가락을 사용하는 나물이식 계량법도 단단히 한몫 했다. 이제 나물이라는 이름은 값싼 재료로 빠르고 간단하면서도 쓸 만한 요리를 만드는 요리법의 대명사가 되었다. 2005년에는 두 번째 책 『누가 해도 참 맛있는 나물이네 밥상』을 펴내며 입지를 다 졌으며, 자신의 이름을 내건 요리를 판매할 정도로 성공했다. 그 자 신의 말처럼 푸드스타일리스트가 아닌 대중적인 요리사의 이미지 를 확실히 각인시킨 셈이다. 가장 최근에 출간된 책에서는 저자 소 개에 '김용환'이라는 실명을 빼고 아예 '나물이'만을 내세웠다. 어 느새 브랜드가 된 것이다.

'북코치'라는 직업이 있다. 우리나라에 딱 한 명밖에 없는 직업이 다. 권윤구 씨가 스스로 하는 일에 대해 최초로 '북코치'라 명명하 고 독차지하고 있기 때문이다. 평소에 책을 읽으면서 느끼는 만족 도가 아주 높았던 그는 자신이 책을 읽고 난 소감을 주변 사람들에 게 이메일로 써서 보내다가 아예 직업으로 삼았다.

그는 한국리더십센터 코칭팀에서 근무했던 경험을 살려, 평소에 즐기던 책 읽기에 코칭 기술을 접목시키면서 자연스럽게 북코칭이 라는 일을 하게 되었다. 그는 하루에 책 한 권을 읽고 한 편의 북리뷰를 쓴다. 북리뷰는 원하는 사람 누구에게나 무료로 이메일로 발송한다. 그는 케이블TV의 자기계발 프로그램을 맡아 방송하고, 포털사이트에는 유료 북리뷰를 게재하며, 프리랜서 출판기획자로도 활동한다. 어느 정도 지명도가 높아지고 활동 매체가 다양해지면서 방송 출연도 잦아졌다. 앞으로 북리뷰 전문 방송을 운영하는 것이 꿈이라고 한다.

나는 그를 볼 때마다 독창적인 네이밍과 실천력에 감탄한다. 읽기와 쓰기를 좋아하고 그 분야에 훈련이 되어 있는 사람은 많을 것이다. 하지만 권윤구 씨처럼 '북코치'라는 이름을 찾아 명명하고, 세상에 그 이름을 알릴 때까지 버티며, 실천력까지 갖춘 사람은 많지 않다. 반짝 떠오른 한순간의 아이디어를 스쳐 보내지 않고, 지속적인 실천을 통해 내 영역으로 구축하는 자세를 그에게서 배운다. 세상에서 유일하게 내가 독점하고 있는 직종이라니, 생각만 해도 재미있지 않은가.

주위를 둘러보면 이처럼 독점적인 직업을 가진 사람들이 꽤 많다. 그만큼 다양한 개성들이 한데 어울리는 세상이 된 것이다. '풀타임 블로거' 김태우 씨도 그중 한 사람이다. 그는 코넬대학교 컴퓨터과학 석사 출신으로 대기업에서 일하다가 조직 생활 재미를 느끼지 못하고 프리랜서 컨설턴트로 나섰다.

그는 자신의 전문성을 살려 블로그에 '웹 2.0'에 관한 지속적인 포스팅을 하여 방문객들의 신뢰를 얻었다. '웹 2.0 전도사'라는 별명을 얻을 정도였다. 그는 웹 2.0 경제의 기본을 '개인화'로 본다.

사람과 사람을 연결해 대화를 가능하게 하고 무한대의 정보를 값싸게 공급하는 웹 덕분에, 개인이 새로운 경제의 공급자로 성장할 수 있다는 것이다. 웹은 기업이나 기관의 도움 없이 개인이 다른 개인을 찾아 비즈니스 기회를 창출할 수 있는 장을 제공한다. 그 자신이 이런 이론을 실험해보며 재미나게 살고 있다.

2007년 4월에는 웹 2.0 관련 컨퍼런스에 참가할 계획을 세웠는데, 경비가 5~6백만 원이 넘게 들 것 같았다. 그래서 그는 블로그에 자신의 여행에 대한 조언과 후원을 동시에 요청했다. 그러자 그 자신도 놀랄 만큼 많은 사람들이 호응을 해주었다. 여행 중 만나보면 좋을 사람들에 대한 정보들과 참가 경비 후원이 이어진 것이다. 그로 인해 그는 여유 있는 경비를 가지고, 한 개인이 만나기에는 버거울 만큼 다양한 사람들과 풍성한 만남을 갖고 돌아와 그 결과를 블로그에 '보고'할 수 있었다. 이런 호응이라면 그가 본격적으로 수익성 있는 사업을 기획한다고 해도, 많은 독자들이 그를 믿고 투자할 것 같다. 그의 창의적이고 개방적인 태도가 이미 사람들의 신뢰를 얻었기 때문이다. 그의 행보 자체가, 개인이 생산자이자 소비자요, 마케터이자 투자자가 되는 웹 2.0 경제의 실험판이다.

그런가 하면 '엄마학교'라는 것도 있다. 엄마학교? 처음 들었을 때 신기하면서도 단박에 수긍이 갔다. 나 자신이 엄마라는 것에 대해 아무것도 모르면서 엄마 노릇을 한 기억이 있고, 엄마라는 역할이 얼마나 중요한지 알게 되었기 때문이리라. 어느 분야든지 성공하는 사례를 보면, 꼭 있어야 할 것이 왜 이제야 나왔을까 하는 기분이 들 때가 있는데 엄마학교에서도 딱 그런 기분이 들었다.

엄마학교를 운영하는 서형숙 씨는 오랫동안 '한살림 공동체' 운동을 해온 생활운동가이다. 그녀는 어려서부터 희망이 현모양처였고 지금도 변함이 없다고 한다. 그래서 건강한 먹을거리를 지키는 도농공동체 운동에 그처럼 오래 헌신할 수 있었고, 자녀도 잘 키울 수 있었나보다.

그녀는 가정생활을 위해 온 힘을 다해 노력했고, 육아에도 온 힘을 다했다. 결과적으로 결혼생활을 잘했다고 말하고 있다. 스스로 결혼생활을 잘했다고 자신 있게 말할 수 있는 사람이 얼마나 될까. 그녀의 아이들은 공부도 잘하지만, 놀기도 잘하고, 운동도 잘한다. 리더십이 뛰어나며, 인생을 즐기고, 가족과의 소통도 잘하는 그녀의 아이들을 지켜본 주위 사람들의 요청으로 자녀 교육에 대한 강의를 시작한 것이 어느새 직업이 되었다. 2006년에 종로구 계동의 한옥에 엄마학교를 연 것이다.

엄마학교의 교육 내용은 '다정한 엄마 되기', '영리한 엄마 되기', '대범한 엄마 되기', '행복한 엄마 되기'를 골격으로 하고 있다. 1강좌당 2시간씩 4회를 강의한다. 내가 엄마학교 사이트를 방문한 2009년 4월 말에 이미 2009년도 강좌가 마감되고 2010년도 수강 일정이 올라와 있었다. 1회에 20명을 정원으로 하는 규모라고 해도 대단한 호응이 아닐 수 없다.

그녀의 책 『엄마학교』는 기본적인 강의안으로 보이는데, 어찌나 명확하고 자신감에 넘치는지 감탄이 절로 나온다. '다정한 엄마 되기'에서는 '아이가 필요로 하는 순간에는 하던 일을 멈춘다', '한 마디 말이라도 함부로 내뱉지 않는다', '상처 입은 아이 곁에는 늘 함께한다' 등이, '영리한 엄마 되기'에서는 '오감을 만족시켜준다', '원 없이 놀게 한다', '대범한 엄마 되기'에서는 '아이 혼자 떠나는 여행을 보낸다', '실수는 실수로 받아들인다', '행복한 엄마 되기'에서는 '행복한 가정에서 행복한 아이가 자란다', '나를 사랑한다, 나를 칭찬한다, 나를 존중한다'라는 부분이 눈에 띈다. 어떤 분야든지 지난한 노력을 통해 자신이 원하는 것을 성취한 사람에게는 이렇게 강력한 자신감이 가능하리라. 경험과 성취에서 이끌어낸 프로세스, 바로 그것이 사업의 성공을 이루는 기본일지도 모른다.

책을 통해 만나본 서형숙 씨의 두 자녀는 남들이 보기에도 뿌듯하다. 사회 활동하느라 아이들에게 더 많은 시간을 내주지 못한 것을 아쉬워하는 엄마에게 아들이 건넸다는 말을 결코 잊을 수 없다.

"아니에요, 엄마. 인도에서는요 16살이 되면 범죄를 저질러도 부모나 형제 탓을 하지 않는대요. 우리 다 컸어요. 우린 잘 살았고, 충분히 보살핌 받았어요. 엄마! 충분해요."

이런 말을 하는 자녀를 둔 엄마라면 충분히 엄마학교를 운영할 만하지 않은가. 서형숙 씨는 자신이 하는 일과 이미지가 정확하게 일치한다. 자신에게 꼭 맞는 옷을 입은 듯 자연스러운 모습이 참 보기 좋다.

중년의 도약을
원한다면

　　앞에서도 말했듯 나는 50대에 들어서며 인생의 터닝포인트를 맞이했다. 터닝포인트에 선 나의 새로운 꿈은 저술과 강의를 주로 하는 프리랜서로 살고 싶다는 것이다. 나의 주된 관심사는 '중년의 도약'이다. 이 주제에 관련된 다양한 소주제들을 계속해서 탐구하면서 그 결과를 책으로 쓰고 문화센터 같은 곳에서 강의도 하고 싶다.

　　새벽에 일어나 오전에는 글을 쓸 것이다. 낮 12시까지는 글이 써지든 안 써지든 컴퓨터 앞에 앉아 있을 것이다. 글을 쓰는 것은 내가 하고 싶고 할 수 있는 유일한 노동이다. 그러니 하루 종일 김밥을 싸는 김밥집 아주머니처럼, 어김없이 운행 시간을 맞춰야 하는 버스기사처럼, 나도 어김없는 시간에 정확하게 일할 것이다. 그렇게 꾸준히 글을 써서 2년에 3권 정도 단행본을 출간하고 싶다.

　　오후에는 일주일에 두세 번 강의를 나간다. 강의가 없는 날에는 강의 준비를 한다. 직접 관련이 없어 보이는 책도 많이 읽는다. 분야에 상관없이 진정성이 있거나 독특한 시각을 갖고 있는 책에 나는 반응한다. 이렇게 읽은 책들이 서로서로 연결되어서 새로운 관심사의 가지를 친다. 나는 언제까지나 자연스럽게 마음이 이끌리는 대로 계속 전진해 나갈 것이다.

　　온라인의 위력을 익히 알고 있으므로 웹사이트에도 비중을 많이 둘 것이다. 글쓰기 분야에서는 온라인의 비중이 크다. 글을 매개로 만난 사람들은 글을 통해서도 아주 민감하게 반응하고 가까워질 수 있기 때문이다. 그러나 한편으로 온라인에서의 만남은 허상이기도 하다. 오프라인에서 직접 만나 인연을 쌓아가지 않으면, 관계의 기반이 허약하기 그지없다. 온라인에서는 서로의 글 쓰는 작업을 독려하며 일상적인 접촉을 열어놓고, 정기적인 오프라인 모임을 통해 친밀감을 더욱 키워나가면 좋을 것 같다.

쉰 살이나 먹은 다음에 이런 구상을 갖게 된 것이 안타깝다. 그러나 쉰 살이나 먹었기 때문에 이런 구상이 가능했는지도 모른다. 나이를 먹으면 내 안에 따로따로 존재하던 것들이 통합되기 때문이다.

나이를 먹으면 좋은 일도 꽤 있다. 세상이 나를 중심으로 돌아가지 않는다는 것을 알게 되므로 조금은 겸손해지고, 다른 사람들을 받아들일 수 있게 된다. 한때의 어려움이나 고통도 언젠가는 지나간다는 것도 알게 되므로 인생을 길게 보는 마음의 여유가 생긴다. 세상에 일어나지 못할 일이 없다는 것도 알게 되므로 더욱 진취적이 된다.

그중에서 가장 좋은 것은 나와 삶과 세상에 대해 어느 정도 알게 된 덕에 내가 놓일 자리를 알게 된다는 것이다. 이제 나는 무턱대고 에너지를 발산하는 것이 아니라, 내 콘텐츠가 구체적으로 어떤 사람들에게 도움이 될 수 있을지 고민한다. 나의 독특함을 내세우기보다 세상에 수용되는 사람이 되기 위해 애쓰게 되었다. 내가 가진 것으로 다른 사람들을 도와주는 것이 얼마나 소중하고 짜릿한 경험인지 알게 되었다.

우선 할 일이 있어서 참 좋다. 계속해서 성장할 수 있다는 느낌도 좋다. 글쓰기 하나만으로도 얼마나 많은 기회를 맞이할 수 있는지 모른다. 특히 책 쓰기는 더 넓은 세상으로 나아가는 도약의 상징이다.

아직 자신이 무엇을 원하는지 모르겠는 사람은 찾으면 된다. 자신이 걸어온 길을 곰곰이 뒤져보면 해답이 나올 것이다. 무엇을 할 때 가장 행복했는지 모조리 찾아보라. 누가 시키지 않아도 밤새워 몰두하던 일에는 어떤 것이 있었는가? 잘한다고 칭찬받은 일을 떠올려보라. 아주 작은 일이어도 괜찮다. 어렵게 배우지 않아도 쉽게 익힐 수 있었던 일들도 끄집어내라. 어쩐지 마음이 가는 일도 빼놓지 마라. 자기 안에 있는 것 가운데 가장 강력한 것을 존중하라. 그렇게 해서 정리된 내용을 직업화할 수 있는 것과 취미로 남겨두어야 할 부분으로 구분하라.

그렇게 자신의 기질을 파악하고 나면, 그 기질을 구체화시킬 수 있는 직업을 발견하기 위해 세상이 어떻게 돌아가는지 알아야 한다. 트렌드를 공부해야 한다. 아무리 사소한 트렌드라 해도 반드시 전조가 있기 마련이다. 관심 있는 분야에 대해서는 늘 긴장하고 길목을 지키고 있다보면 조짐을 낚아챌 수 있을 것이다.

트렌드라고 해서 마냥 어려운 얘기는 아니다. 자기 안에서 트렌드를 발견할 수도 있다. 나의 욕구와 두려움을 사업화하는 것이다. 내가 원하는 것은 다른 사람도 원하기 때문이다. 신천지를 탐험하는 마음으로 자신의 내면을 구석구석 살펴보고, 거기에서 도출된 내용을 실험하다 보면, 다른 사람의 공감도 얻을 수 있으리라. 그렇게 되면 작아도 충분히 의미 있고 문화적 파급력이 큰일을 만들어낼 수 있다고 생각한다. 내 눈에는 '수명연장시대'가 모조리 기회로 보인다.

나는 '읽기와 쓰기'라는 나의 강점을 중년 세대와 어떻게 연결할 수 있을지 고심했다. 그랬더니 '자서전 쓰기'와 '커뮤니티 비즈니스'라는 답이 나왔다. 온라인과 오프라인의 비중이 8대 2 정도인 1인 기업을 구상해본다. 요즘은 차 한 잔 값에 회의실을 빌릴 수 있는 카페들도 많으므로 사무실도 필요 없다. 오히려 온라인이 생생한 현주소가 되어줄 것이다.

일단 '무슨 일을 하기엔 너무 늦었어'라는 생각에서 벗어나자. 평균수명 60세 시대의 라이프사이클에서 벗어나, 평균수명 100세 시대를 앞장선다는 발상의 전환이 필요하다. 꿈과 열정이 있는 사람은 결코 늙지 않는다. 또 몇 살이 되었든 사람에게는 할 일이 필요하다. 늘 자신을 성찰하고 삶에서 배움을 이끌어낼 수 있는 사람이라면, 자신의 욕망과 기질을 연결하여 직업적인 변종을 만들어낼 수 있다. 의외로 세상에는 틈새가 아주 많다. 그 기반은 아무래도 자신이 좋아하는 일이다. 자기가 좋아하는 일을 해야 열정이 나오는 것이고, 열정이 있어야 다른 사람의 참여를 이끌어낼 수 있다. 세상 사람들은 스스로 믿고 행동하는 사람을 도와줄 준비가 되어 있다.

내가 좋아하는 일을 다른 것과 무수하게 연결시켜 상상해보는 과정도 필요하다. 좋아하는 일을 직접 하는 데서 그치는 것이 아니라, 좋아하는 일을 가르치거나, 그 일에 대해 글로 쓰거나, 비슷한 일을 하는 사람에게 상품화하여 제공하는 데까지 넓혀본다. 일단 계획을 세웠으면 성공할 때까지 밀고 나가자. 모든 것의 귀결은 실천력이다.

자신의 문화를 스스로 만들어낼 수 없을 때

우리는 남이 만들어주는 삶의 조건에 맞춰

살아가야 할지도 모른다.

그런 뜻에서 문화역량은 주도성이요,

독립된 개인이 갖추어야 할 필수 조건이다.

그것은 다시 평생현역의 기반이 되고,

좀 더 나이 들어

사회에 헌신하고 싶을 때에는

봉사 밑천이 된다.

살아있는 한

내 문화는 내가 만드는 것,

그것이 우리의 목표다.

어느 직장인의
은퇴 준비

인터넷에서 회자되는 한 직장인의 은퇴 준비 리스트가 있다. 이 리스트를 처음 보았을 때 그 광범위한 안목에 감탄했는데 나만 그렇게 생각한 게 아니었나 보다. 2006년 12월 20일, 그의 은퇴 준비 리스트가 연합뉴스를 통해 기사화되면서 그는 일약 유명인사가 되었다.

2001년 46세의 조성권 씨는 4년간의 미국 주재원 생활을 마치고 돌아오는 중이었다. 그는 뉴욕발 서울행 비행기에서 은퇴 준비 리스트를 만들었다. 비행기 안에서 이런저런 생각을 하다 보니 뚜렷하게 이뤄놓은 게 없다는 생각이 들었다고 한다. 아이 둘은 초등학생이었고, 집은 한 채 있었지만 '내 집'이 아니라 '가족의 재산'이라고 생각했다. 외환위기로 명퇴당한 선배들처럼 비참한 처지가 되지 않으려면 지금부터 준비가 필요하다고 판단한 그는 앞으로 10년간 행할 10가지의 은퇴 준비 리스트를 만들었다.

1 매달 10만원씩 붓는 통장을 매년 한 개씩 만들기로 했다. 현직 때 10만원은 별것 아닐 수 있지만, 은퇴 후에는 요긴하게 쓸 수 있는 돈이다.

2 은퇴 후 제2의 직업을 갖는다고 생각해보았다. 이력서의 빈 공간이 너무 컸다. 자격증 10개를 따기로 했다. 우선 홍보관리사 자격증부터 땄다. 늙으면 자동차가 발이라는 생각에 자동차 정비사도 땄다. 지금은 약초 등을 이용하는 대체 의학 관련 자격증을 준비 중이다.

3 딸을 시집보낼 때 그럴듯한 '명함'이 아쉬울 거라는 생각이 들었다. 컨설턴트라면 늙어도 감당할 수 있다고 판단하여, 은행 실무와 연결이 되는 '벤처 중소기업학' 박사학위에 도전하기로 했다.

4 은퇴 후에도 만날 수 있는 친구 10명에 정성을 다하기로 마음먹었다.

5 내 생활은 내가 다 책임지겠다고 결심했다. 설거지, 빨래, 음식 장만 등 집안일과 사소한 가전제품 수리는 직접 하기로 했다.

6 하고 싶었지만 못했던 일 10가지를 꼽았다. 『금강경』을 베껴 쓰고 싶고, 고등학교 1학년 아들에게 색소폰을 배우기로 했다. 은퇴 후 서예전을 열 생각이다.

7 전국의 좋은 산 100곳을 오르기로 했다.

8 꼭 읽어야 하지만, 못 읽은 책 100권을 골랐다. 책을 많이 읽으면 치매 예방에도 도움이 된다.

9 책 10권을 쓰겠다고 마음먹었다. 아직 한 권도 못 냈지만 전공을 살려 중소기업 경영 관련 서적을 준비 중이다.

10 건강을 챙기고 있다. 국선도를 수련 중이다. 수지침도 배우고 있다. 건강하기만 하면 의외로 먹고사는 게 큰 문제가 아닐 것 같다는 게 그의 생각이다. "선배들을 만났더니 한결같이 건강과 맑은 정신이 있으면 밥걱정은 크게 안 해도 된다고 조언하더라고요."

그로부터 5년 반의 시간이 흐른 뒤 은퇴생활 준비 상황을 중간 점검해보니 그 성과가 대단했다.

◇ **10만원 통장 매년 만들기** 그의 통장은 지금 40여 개로 늘어났다. 매년 뉴욕에서 귀국했던 날인 6월 10일이면 무조건 월 10만 원짜리 적금 통장을 만들었다. 3년 만기가 되면 다시 몽땅 정기예금에 집어넣었고 여유가 더 있으면 추가로 통장을 만들고 하다보니 자신도 모르는 사이에 그렇게 됐다. 안 그랬으면 그냥 없어졌을 돈 수천만 원이 금방 만들어졌다.

그는 "10만 원 정도의 자동 이체면 급여 인상분 등을 생각할 때 충분히 감당할 수 있고 얼른 잊고 지내기도 쉽다"면서 "10만 원이 나중에 모이니 큰돈이 된다는 것을 처음 알았다"고 말했다. 그는 "예금액이 불어나니까 왠지 뿌듯하고 마음에 여유가 생기면서 매사를 긍정적으로 보게 됐다"고 덧붙였다.

◇ **계획적으로 생활하기** 그는 달력을 많이 활용한다. 연간 계획을 세우고 그에 따라 생활하기가 좋기 때문이다. 달력에는 집안 대소사와 휴가 계획 등을 꼼꼼히 적는다. 물론 매년 그해의 지출 계획과 예산도 짠다. 전에는 아무 계획 없이 돈을 썼지만 지금은 전기료까지 챙기고 있다.

"남이 들으면 쩨쩨하다고 할지 모르지만 물려받은 재산 없는 급여 생활자일수록 탄탄한 계획을 세우고 경제생활을 해야 한다"는 그는 "매사에 충동구매 같은 것이 없어졌다"고 말했다.

◇ **군더더기 버리기** 그는 은퇴 생활 준비를 하면서 집을 34평에서 28평으로 줄였다. 그러면서 안 쓰는 물건은 싹 정리했다. 정리 기준은 지난 1년 동안 쓴 물건인가 한 번도 안 쓴 물건인가였다. 안 읽는 책은 물론이고 40벌이나 되는 양복, 장롱 하나 분량의 티셔츠, 큰 상자로 3개가 넘는 타월, 넥타이 등을 불우이웃 돕기로 정리하고 나니 그전에는 좁아 보였던 집이 오히려 평수가 줄었는데도 맨손 체조를 할 수 있을 정도로 널널해졌다.

그는 자신이 잘한 일 중 하나로 안 쓰는 짐 정리한 것을 꼽는다. 그는 버리니까 남은 물건에 오히려 더 애착이 가더라고 말했다.

◇ **박사학위 따기** 뉴욕서 귀국한 이듬해 벤처중소기업학을 공부하기 위해 대학원 박사과정에 등록했다. 현재 학위 논문을 쓰고 있다. 저녁 술자리도 적지 않지만 아무리 술을 먹고 늦게 귀가하더라도 1시간은 엎드려 조는 한이 있어도 책상에 붙어 있는다. 3년 넘게 그러다 보니 자식들도 공부하는 아버지의 모습을 보면서 자연스럽게 공부하는 습관이 몸에 배더라는 것이다.

◇ **평생 친구 만들기** 그는 뉴욕에 근무하면서 평생 친구가 필요하다고 느꼈다. 한때 퇴직 등을 고려하면서 마음 터놓고 전화하거나 상의할 사람이 없다는 것을 절감했기 때문이다. 그래서 1년에 1명씩 10명 정도만 평생 친구를 만들기로 했다. 첫 번째로 만든 평생 친구는 바로 아내. 산에 오르면서 나이 차이가 많은 아내를 집사람에서 평생 친구로 만들었다. 아내를 포함해 지금까지 고민을 아무 때나 편하게 털어놓을 수 있는 3명의 평생 친구를 만들었다.

그는 "아내를 평생 친구로 만들고 나니 그렇게 좋을 수가 없다"고 자랑했다. 언제든지 '술 한 잔 하자', '영화나 한 편 보자'고 할 수 있기 때문이다.

◇ **남한의 100대 명산 오르기** 그는 올 2월 가족을 데리고 한라산을

등반한 것을 마지막으로 국내의 100대 명산을 모두 올랐다. 귀국하자마자 주말과 휴일에 건강도 챙길 겸 산에 오르기 시작해서 5년 반 만에 이뤄낸 것이다. 그는 산에 오를 때 몇 시간 만에 정상을 밟겠다고 정하지 않는다. 쉬엄쉬엄 그날 형편 되는 대로 산을 오른다. 그는 "산에 있는 명찰을 둘러보는 재미가 좋았다"면서 "100대 명산에 오르면서 매사에 자신감을 얻었다"고 말했다.

◇ **책 10권 쓰기** 아직 출판은 하지 않았지만 현재 4권 정도의 원고를 다 써놓았다. 은퇴에 관한 책, 미국 생활 경험을 토대로 자녀들 경제 교육 문제를 다룬 책, 가벼운 수필집 등이다. 그는 해마다 신년이 되면 그해 완독할 책을 고른다. 귀국 첫해는 성서였고 최근에는 중국 황제들을 다룬 60권 분량의 역사서를 읽고 있다. 책을 붙들고 있는 습관, 완독하는 습관을 위해서다.

조성권 씨는 지난 5년 반 동안 얻은 가장 큰 소득으로 자신감, 소신, 매사에 거리낌 없는 마음을 꼽는다. 전에는 삶의 목표 없이 그저 허둥대고 살았지만 지금은 모든 것이 소중하다는 것을 느끼며 뿌듯한 마음으로 지내고 있다고 힘주어 말했다. 인터넷에는 조성권 씨의 최근 모습도 올라와 있었다. 그는 우리은행의 홍보팀장에서 지점장으로 승진하여 문화마케팅의 선구자가 되어 있었다. 은행 한켠의 빈 공간에 전시공간을 마련하여 벌써 몇 십 명에 달하는 작가의 작품을 전시한 것이다. 역시 한 가지가 다른 사람은 뭐가 달라도 다르구나 싶었다. 그러면서 그의 은퇴 준비 리스트가 공개된 것이 그를 더욱 열심히 살게 만들지는 않았을까 하는 생각도 들었다.

늙음의 문화에 선불리 편승하지 말라

『제3의 인생』의 저자 김창기 씨는 2004 년에 19년간 재직했던 신문사를 그만두었다. 어느 날 자신을 제치고 승진하는 후배를 보면서, 고민 끝에 사표를 냈다. 서열이 중요한 기자 사회에서 느닷없는 후배의 승진 소식은 그에게 나가라는 소리와 다름없게 들렸다. 45세의 한창때였다. 그런대로 조금 더 버티면서 퇴직 이후를 준비할 수도 있었겠지만, 그는 더 이상 조직에 남아 있고 싶지 않았다고 했다. 맡은 일은 열심히 했지만 사내 정치에 취약한 자신이 조직형 인간이 아니라는 판단에서다. 그것은 그가 승진에서 밀려난 이유이기도 했다.

신문사를 그만두자 모든 것이 한순간에 달라졌다. 기자라는 직업의 후광이 모두 사라졌다. 마음을 추스르고 다시 일어서는 데 1년이라는 시간이 필요했다. 그의 책에는 50세 전후에 퇴직하여 80세까지 무슨 일이든 해야 하는 중년 실직 세대의 참담한 고뇌가 녹아 있으며 실질적인 대안도 많이 나와 있다.

그가 말하는 '제3의 인생'은 앨빈 토플러가 말하는 '제3의 물결'과 맞닿아 있다. 농업사회와 산업사회를 거쳐 지식사회가 되었는데, 각각의 문명에는 그에 어울리는 삶의 양식이 있다는 것이다. 이는 꼭 직장과 직업에만 한정된 것이 아니라 삶의 양식과 가치관 전반에 걸쳐 전적으로 새로운 형태의 삶이다.

그는 우선 개인화에 주목한다. 오늘날 세계는 전례 없이 많은 선택의 기회를 개인에게 제공하지만 모든 의사 결정 역시 개인에게 달렸다. 그 결정을 대신해줄 책임 있는 조직이나 기관을 더 이상 찾아볼 수 없다. 과거에 안전망이 되어주었던 조직들이 그 역할을 축소, 포기함에 따라 삶의 안전망도 개인이 직접 만들어야 한다.

따라서 개인의 시대에는 그 어느 때보다 개인적 역량의 강화가 절실하다. 자신에 대한 연구와 계발이 1순위가 되어야 하는 것이다. 이에 대한 그의 처방은 '직업보험'이다. 오늘날 우리 사회의 중년에게 실직은 기정사실이다. 여기에 미리 대비하여 직업적인 안전망을 가지라는 말이다. 직업보험의 대표적인 것으로 흔히 자격증 획득을 들 수 있으나, 그가 새롭게 강조하는 것은 '특기'이다.

특기는 평소에는 삶을 윤택하게 하는 취미이면서 비상시에는 곧바로 직업으로 전환할 수 있는 장기를 말한다. 언제라도 직업으로 전환할 수 있으려면 단순한 취미 이상이어야 한다. 시장에 내놓을 수 있는 상품성이 있어야 한다. 시간이 오래 걸리더라도 자신이 좋아하는 분야를 갈고 닦아 전문가에 가까운 수준으로 끌어올리는 것이 중요하다. 좋아하는 분야라면 아무리 비용과 시간이 많이 든다 해도 꾸준히 할 수 있기 때문에 불가능한 일은 아니다. 68세에 퓰리처상을 받은 프랭크 맥코트는 교사 생활을 하다 60세가 넘어 글쓰기를 시작했다. 나는 이 부분을 읽으며 회심의 미소를 지었다. 50세에 본격적인 글쓰기를 시작한 나의 선택이 결코 무모한 일이 아니라는 얘기가 아닌가. 조바심 내지도 말고 쉬지도 말고 꾸준히 훈련해나가면, 퓰리처상은 못 받더라도 나름대로 내 영역을 개척할 수 있으리라.

이밖에도 그의 조언 중에 아주 감칠맛 나는 것을 두 가지 소개한다. 하나는 가끔 시험을 보라는 것. 자격증 취득도 좋고, 토플, 토익, 수능도 좋다. 시험은 정신적 충격으로 지친 중년 실직자에게 더없이 좋은 두뇌 활력소가 된다. 다른 하나는, 늙음의 문화에 섣불리 편승하는 것을 방지하는 의식을 가지라는 것. 50세가 되었다면 인위적으로 20세를 깎아 '정신적 30세'가 되어야 한다고 그는 말한다. 같은 연배의 지인들이 모여 엄숙하게 의식을 진행하는 것도 좋다. 핵심은 정신적으로 젊고 유연해지고 변화에 능동적으로 대처해야 한다는 것이다.

나는 그의 조언을 명심하면서 언제고 나를 지적 도전에 열어놓기로 마음먹었다. 해마다 송년회에서 친구들과 함께 정신적 30세를 유지하는 의식을 갖는 것도 재미있겠다. 그는 진정한 인간관계에 대한 강조도 잊지 않았다. 마당발처럼 화려한 인맥이 아니라 진솔하고 개인적인 유대를 맺으라는 얘기다. 실직한 후에도 교류가 계속된 사람은 다섯 손가락에 꼽았다는 그의 경험을 생각하니 이 조언이 더욱 절실하게 들린다.

포트폴리오 인생

앞의 두 사례에서 나는 많은 것을 배웠다. 조직 생활 경험이 없는 나로서는 동시대를 살아가는 직장인들을 좀 더 이해하게 된 것도 수확이었다. 그렇다면 나의 경험도 누군가에게 도움이 될지 모른다. 제각기 처한 상황은 달라도 취해서 쓸 점이 있기 때문이다.

내가 겪은 직업 세계는 참 단순했다. 20대 중반에 지방의 작은 중학교에서 2년간 근무한 것과 13년간 자영업을 해본 것이 전부이다. 중학교는 한 학년에 한 학급밖에 없는 가족적인 곳이었고, 자영업을 할 때는 내 의사가 전적으로 수용되었으니 조직 생활의 어려움을 겪어보지 않은 셈이다. 그런데 한편으로는 나다움을 지키는 데 이런 사실이 커다란 도움이 된 것 같다. 서열 의식이 강한 조직 생활을 오래 했더라면 지금처럼 나이에 초연하기가 쉽지 않았을 것 같다. 어찌 되었든 나는 50대에 들어서서 후반생에 대해 골몰하기 시작했다.

나이듦에 대한 두려움과 혼란을 해결하기 위해 책을 읽다 보니 어느 정도 생각이 정리되었다. 후반생에 대비하는 나의 포트폴리오는 누구와 함께 살 것인가, 무엇을 하며 놀 것인가, 무엇을 하며 먹고살 것인가의 세 가지를 축으로 구성된다. 표현은 다르지만 앞서 나온 두 사례와 그다지 다른 것 같지는 않다. 거주공동체에 대한 관심이 추가되고, 건강과 재테크를 강조하지 않았을 뿐, 직업보험과 평생 친구와 지속적인 자기계발이라는 큰 축이 같다. 그렇다면 후반생에 대한 고심은 얼마나 근사한 계획을 세우느냐가 아니라 누가 얼마나 더 실행에 옮기느냐의 문제인지도 모른다.

찰스 핸디는 『코끼리와 벼룩』에서 '포트폴리오 인생'이라는 개념을 제시했다. 직업에만 올인할 게 아니라 자원봉사와 공부와 가사의 균형을 통해 직업 외적인 가치와 행복도 함께 추구하자는 것이다. 조직 생활에 시달리는 대부분의 직장인에게는 꿈 같은 이야기일지도 모르겠다. 하지만 어느새 자신이 원하든 원치 않든 포트폴리오 인생을 사는 사람들이 점점 늘어나고 있다. 50세 전후에 퇴직을 하여 30년 가까운 세월을 더 일해야 하는 상황이 되었기 때문이다. 이 시점에 다시 조직의 일원이 되기도 쉽지 않거니와 그것이 최선일 수도 없다. 좋든 싫든 이런저런 일을 그러모아 최선의 모자이크를 그려내는 포트폴리오 인생이 될 수밖에 없는 것이다.

찰스 핸디가 말한 대로 사회는 점점 더 개인의 세계, 선택과 리스크의 세계가 되어가고 있다. 하지만 포트폴리오 생활이 잘 이루어질 때에도 아름다운 장밋빛이기만 한 것은 아니다. 포트폴리오 인생을 살고자 하는 사람은 사회에 내놓을 수 있는 기술이 있어야 함은 물론 판촉까지 직접 감당해야 한다. 자기 자신의 값어치를 결정하고 판매하는 방법을 배워야 한다. 자신의 학습과 능력을 잘 조정하고 여러 생활들 사이에서 균형 잡는 방법을 배워야 한다. 이런 것을 가르쳐주는 학교는 아직까지 없다. 앞서간 선배들의 힘겨운 경험과 교훈으로부터 어렵사리 배워야 한다. 그래서 역할모델과 다른 사람들의 경험이 필요하다.

앞서 말했듯 나의 포트폴리오는 세 가지 축을 중심으로 이뤄진다. 누구와 함께 살 것인가의 문제에서는 다양한 선택이 가능하다. 성장한 자녀와 10분 거리에 사는 것도 좋을 것 같다. 서로 독립성을 보장하면서 친밀감도 나눌 수 있는 안전거리를 확보하는 것이다. 숲을 좋아하는 내가 숲 속의 작은 통나무집에서 산다면, 아들은 한옥에, 딸은 양옥에 살 수도 있을 것이다. 일정 기간 동안 서로 집을 바꾸어 살아볼 수도 있고, 각자의 지인들에게 새로운 체험을 제공할 수도 있다. 나는 이 아이디어를 떠올리고 저절로 웃음이 나왔다. 모든 일은 긍정적인 이미지에서 시작한다. 오래도록 마음에 품고 있으면 불가능한 일도 아니리라.

오랜 세월 동안 부부 중심의 생활을 해왔다면, 조금 실험적인 거주 형태에 관심을 갖는 것도 좋다고 생각한다. 뜻을 같이 하는 시니어 세대가 가까이 모여 사는 것도 좋을 것이다. 좀 더 적극적으로 공동체를 추구하면 마을 조성도 가능하다. 혼자 지내야 하는 처지라면 친구 혹은 자매, 형제끼리 같이 사는 것은 어떨까. 한 가지 형태만 고집할 것이 아니라 다양한 형태를 실험해보는 것도 가능하다. 그 정도로 여생이 길어졌다.

무엇을 하며 놀 것인가도 중요하다. 살면서 가장 중요한 것이 충만한 삶이라는 것을 알게 되었기 때문이다. 나를 잊어버릴 정도로 흠뻑 빠져들어 노는 순간처럼 살아 있음을 느끼는 때가 또 있을까. 나는 인생의 승리자는 인생을 즐기는 사람이라는 말을 믿는다. 시간의 흐름이 두려울 정도로 빨라진 지금, 나의 단 하나의 목표는 인생을 즐기는 것이다. 앞으로 나의 삶은 무엇을 할 때 내 가슴이 뛰고 정말 살아 있음을 느끼는지 탐험하는 과정으로 채워질 것이다. 차곡차곡 이 분야에 내공을 쌓아 언제고 책으로 펴내고 싶다.

무엇을 하며 먹고살 것인가, 이 문제는 대부분의 성인에게 가장 우선순위에 오는 것일 텐데, 내게는 가장 뒷부분에 온다. 조성권 씨처럼 똑 부러지는 은행가조차 건강과 맑은 정신이 있으면 밥걱정은 크게 안 해도 된다고 하지 않았는가. 아무리 챙긴다고 해도 건강이라는 것이 나만의 의지로 되는 일이 아니라, 불의의 사태에 대비한 안전망이 필요한 것은 알고 있다. 하지만 나는 아무래도 경제가 제일 중요하다고 생각할 수는 없다. 나의 품위를 유지하고 라이프스타일을 구현할 수 있는 정도의 경제력이면 충분하다. 그리고 그 정도의 경제력이라면, 돈에 대해 노심초사하기보다 하고 싶은 일을 하며 추구하는 것이 더 빠를 것 같다. 노화에 대해 심층연구를 한 조지 베일런트의 『10년 일찍 늙는 법, 10년 늦게 늙는 법』에서도, 돈은 성공적인 노화와 거의 관련이 없다고 한다.

지금 이 책을 탈고하자마자 나는 곧바로 두 번째 책을 쓰기 시작할 것이다. 출발이 늦었기 때문에 더욱 박차를 가할 생각이다. 두 권의 책을 내고 나면 경력을 인정받아 도서관이나 문화센터 같은 곳의 강의 기회도 생기지 않을까. 좀 더 욕심을 내자면 평생교육원 같은 곳의 주임교수가 되는 것에까지 도전하고 싶다. 배우고 가르치는 것이 내 주된 관심사임을 너무 늦게 깨달았지만 다행히도 연장된 수명 덕분에 지속적인 꿈을 꾸는 것이 가능하다.

온라인과 오프라인의 비중이 8대 2 정도 되는 1인 기업도 시도해 봄직하다. 중년의 글쓰기나 자서전 쓰기를 가지고 접근할 수 있을 것 같다. 물론 책 쓰기는 가장 주된 활동이다. 2년에 3권 정도 꾸준히 책을 펴내려고 한다. 책을 쓰는 기간에는 24시간 그 과제에 몰두하는 긴장을 즐기고, 책을 쓰지 않을 때는 천하의 한량처럼 자유를 즐기고 싶다. 시즌과 시즌오프의 내가 마치 다른 사람인 양 그렇게 살고 싶다. 내 안의 다양한 정체성을 하나씩 꺼내어 이름을 지어주고, 몸과 정신, 고요함과 활기, 존재와 관계, 머무름과 떠남을 골고루 즐기며 만끽하고 싶다. 그 모든 것들이 서로 갈등하지 않고 내 안에서 자유롭게 융화할 수 있다면 사는 것이 마치 춤추는 것처럼 리드미컬하지 않을까.

서로 멀리 떨어져 소통했을 리 없는 지역에서 유사한 민담과 설화가 발견된다는 것은 인간이라는 종이 갖고 있는 무의식적인 원형이 같다는 것을 뜻한다. 그것은 내가 아무리 개인 아무개로서의 특수성을 부르짖어도, 인간으로서의 보편성을 벗어날 수 없다는 뜻도 된다. 나는 이런 관점에 처음 접했을 때, 갑갑하기보다는 숙연함을 느꼈다. 나의 의지와 상관없이 프로그래밍되었다고 여기기보다, 인간다움에 복무한다는 엄숙함을 느낀 것이다. 인간의 보편성 중에서 내가 피부로 느끼는 것은 '사람 속으로' 돌아가는 경향이다. 나 자신의 변화를 포함하여 주위 사람들, 또 많은 책에서 확인할 수 있었기 때문이다.

평생 현역의 기반은
문화역량

　　　　나는 사람들과 어울리는 것을 별로 좋아하지 않는다. 하지만 요즘은 내가 변하고 있다는 것을 새록새록 느끼고 있다. 좋게 말해서 독립적이요, 사실은 독불장군 같은 자기중심성을 갖고 있던 나의 생각과 태도가 많이 바뀌었다. 다른 사람에게 어떻게 보일까 신경 쓰느라 혹은 다른 사람들을 판단하느라 늘 분주하던 내가, 그저 편안하게 사람을 대하게 된 것이다. 다른 사람들의 사소한 실수는 그냥 잊어버리고, 동시에 내가 저지른 실수도 체크하지 않게 되었다. 상대방의 말을 들을 때 옳고 그른 것을 따지기보다, 그 사람의 느낌을 이해하는 것이 더 중요하다는 사실을 알게 되었다. 어느 모임에서나 사람들과 어울리는 것 자체보다 활동의 성과를 더 중요하게 여겼는데, 그 버릇도 놓을 수 있을 것 같다.

　김형경은 『천 개의 공감』에서 '중년의 과제'로 '공동체에 회귀하기'를 들고 있다. 그녀는 모든 사람이 자신의 삶에서 터득한 것을 공동체 구성원에게 돌려주는 과정을 거친다고 말한다. 회향기야말로 우리 삶의 진정한 목표에 닿는 일이라는 것이다. 사람은 그것이 사랑이든 지혜든 물질이든 각자의 영역에서 열심히 노력해 성취한 다음, 그것을 세상에 되돌려주기 위해 태어났는지도 모른다고 한다. 나는 이 부분에 깊이 공감한다. 내 안에 아주 오래된 유전자가 그렇게 말하고 있다.

사람들과 어울려 사는 일이 아무리 피곤하고 거추장스럽더라도, 결국 인생이란 사람과 어울리는 데서 오는 희로애락이다. 인생 최고의 보람은 아무런 대가를 기대하지 않고 다른 사람들을 도와주는 일이라는 데에도 동의한다. 그런 뜻에서 자원봉사 혹은 비영리단체 활동은 중년 이후의 세대에게 아주 잘 어울린다. 나이가 들면 점점 더 소통과 헌신에 대한 욕구가 증대되는데 자녀들은 더 이상 부모의 돌봄을 필요로 하지 않는다. 이럴 때 나의 손길을 달가워하지 않는 자녀들에게 서운해 하거나, 돌봄 에너지를 분출할 곳이 없어 욕구불만에 빠지지 말고, 사회적인 의미가 있는 일에 헌신하면 어떨까?

헤닝 쉐르프가 쓴 『눈부시게 아름다운 노후』에 소개된 독일자전거협회 ADFC는 중년 세대에게도 좋은 참고가 된다. 찰스 핸디가 자원봉사를 포트폴리오 인생의 중요한 축으로 넣었듯이, 중년에 넘쳐나는 시간을 의미 있게 부활시키기 위해 참고해볼 만하다고 생각한다. ADFC는 11만 명 이상의 회원을 가진 유럽 최대의 자전거협회라고 한다. 도시마다 ADFC 만남의 장소가 있어서 자전거 수리, 임대, 단체 자전거 관광 예약을 관장한다. 다양한 자전거 하이킹 루트를 개발하고, 자전거 도로망을 구축하기 위해 정책 제안을 한다. 자전거를 대중교통 수단으로 이용하도록 권장하는 캠페인을 벌이는가 하면, 자전거 기술 공학 강좌를 개설해 사람들이 자전거를 직접 수리하는 방법을 배울 수 있는 기회를 제공한다. 놀라운 것은 ADFC에서 활동하는 사람의 절반이 70세 이상이라는 것이다.

이 책에는 240명의 고령자로 구성된 합창대도 소개되어 있다. 단원들은 대부분 다른 성가대에서 정중하게 내쫓긴 사람들이다. 평생 노래를 부른 사람들은 그렇지 않은 사람보다 10~20년을 더 오래 산다고 한다. 노래를 부르며 폐를 단련할 수 있고, 좌절감이나 노여움, 슬픔 따위를 마음속에서 삭이지 않고 밖으로 풀어낼 수 있기 때문이다. 자전거협회든 성가대든 어떤 활동인가는 중요하지 않다. 항상 활기를 갖고 무엇엔가 관심을 갖는 것이 더 중요하기 때문이다. 스스로 즐거우면서 다른 이에게도 권하고 싶은 활동을 발굴하여 기꺼이 헌신하는 것도 길어진 인생을 살아가는 기술이 아닐까.

자원봉사가 매력 있는 이유는 계속해서 나의 잠재력을 계발하게 만들기 때문이다. 전국문화원연합회에서 실버 세대를 문화 분야 도우미로 활용하고 있는 '땡땡땡 실버문화학교'를 보자. '땡땡땡 실버문화학교'는 2005년에 10개 문화원에서 시범적으로 시작되어 2007년에 76개 문화원에 개설되었다. 홈페이지에 가보니 정말 프로그램이 다양하다. 짚풀 만들기나 목공예, 한지 인형처럼 전통적인 영역은 물론 벽화 제작, 젊은 노인들의 희망연극 만들기처럼 혁신적인 영역도 있다. '끝없는 음악여행 Silver of Rock'이라는 록밴드까지 있다. 주변으로부터 기존 프로그램보다 한 단계 업그레이드된 문화·예술 관련 노인복지 프로그램이라는 평가를 받을 만하구나 싶었다.

이 프로그램은 실버 세대의 문화역량을 개발하여 문화를 매개로 다른 세대와 소통하며, 사회참여 기회를 확대하고 나아가 일자리 창출에 기여하기 위해 시작되었다고 한다. 전에는 이런 표현을 무심히 지나쳤다. 심지어 식상하다고 생각하여 제대로 읽지도 않았다. 하지만 이제는 상황이 달라졌다. 문화 역량, 소통, 사회참여, 일자리 창출 같은 것들이 모조리 내 문제가 된 탓이다.

『노년의 문화인류학』에서 정진웅이 말했듯이, 문화를 만들어나가는 능력은 곧 자기 형성의 능력이며 동시에 자기 긍정의 능력이다. 자신의 문화를 스스로 만들어낼 수 없을 때 우리는 남이 만들어주는 삶의 조건에 맞춰 살아가야 할지도 모른다. 그런 뜻에서 문화 역량은 주도성이요, 독립된 개인이 갖추어야 할 필수 조건이다. 나의 취미와 특기, 재능과 경험을 모조리 뒤져 그중 강력한 것을 한두 개 집중적으로 계발할 필요가 있다. 내 삶의 조건은 스스로 만들어나간다는 결연함이 필요하다. 거기에서 스스로 즐기고 다른 사람과 소통하는 문화역량이 나온다. 그것은 다시 평생 현역의 기반이 되고, 좀 더 나이 들어 사회에 헌신하고 싶을 때에는 봉사 밑천이 된다. 살아 있는 한 내 문화는 내가 만드는 것, 그것이 나의 목표다.

모험으로
삶을 확장하다

중년은 기나긴 쇠퇴의 시작이 아닌

잠재력의 대림절이고 인생의 르네상스이다.

중년의 이야기는 그저 공상이 아니라

진정한 의미로 가능한 마술이다.

살아온 날의 체험과 살아갈 날에 대한

절실함에서 길어 올린,

희망과 변형의 극적인 드라마이다.

낀세대 아닌
신인류

중년의 위기

미국의 정신과 의사 알렌 B. 치넨은 『인생으로의 두 번째 여행』이라는 책을 쓰는 과정에서 각별한 체험을 하게 된다. 전 세계의 민담과 설화들을 수집해 비교분석함으로써 중년의 의미를 재조명하는 작업이었는데, 그는 평소와 같은 자신의 분석적이고 객관적인 원고에 전혀 만족할 수가 없었다. 이야기하는 대상과 너무 거리를 둔 것 같고 글에서 좀처럼 생명력이 느껴지지 않았던 것이다. 개운하지 않은 느낌 속에 원고를 고치고 또 고치던 그는 드디어 문제의 원인을 발견하게 된다. 분석적이고 논리적인 글이지만 그

글 속에는 자기 자신의 사적인 경험과 감정, 그리고 개인적인 생각이 빠져 있었던 것이다. 비로소 그는 자신이 내면의 여성성을 드러내고 싶어 한다는 것을 깨닫게 된다.

처음에 그 사실을 깨닫는 순간 그는 거의 공포를 느꼈다고 한다. 개인의 경험을 드러내는 감상적인 글쓰기를 공개적으로 혐오하던 사람답게, 그동안 사적인 문제들이 드러나지 않도록 객관적인 사실이나 임상 사례 뒤에 숨어 다른 사람들의 이야기만 실컷 해왔으니까 말이다.

또 자신이 연구하는 중년의 징후가 정작 자신에게도 나타난 것을 그토록 어렵게 알아챈 것이 어이없게 느껴지기까지 했다. 그는 내면의 욕구를 애써 피하려고 했지만, 계속해서 그런 식으로 책을 쓰는 것은 옳지 않다는 마음속의 귀찮은 목소리가 끊임없이 들렸다. 결국 그는 정신의학적인 지식에 사적인 경험들을 더해가면서 책을 다시 쓰기 시작한다. 그런 과정을 통해 자신의 내면에서 발견한 여성적인 측면을 만족시킬 수 있었다고 한다. 그는 이 책을 쓰는 과정이 학문적으로 시작했다가 영적인 성장을 가져온 아주 독특한 경험이었다고 말하고 있다.

『중년의 위기를 맞은 로미오와 줄리엣』의 저자 브리기테 히로니무스는 한층 혹독한 중년의 통과의례를 치른다. 오래된 부부생활의 매너리즘을 참지 못하고 뛰쳐나간 그녀는 세상을 맘껏 섭렵한다. 그사이 남편도 다른 여자를 만나 어울린다. 그러나 온갖 우여곡절 끝에 그녀는 자신이 기대고 싶어 하는 사람은 남편이라는 사실을 새롭게 발견하고, 다행히 ‘뇌 용량이 콤팩트만 한’ 여자들과 어울리던 남편도 다시 돌아온다. 한 번 분리를 경험해본 그들 부부는 이전보다 더욱 성숙한 관계를 구축할 수 있게 된다. 서로에게 다시 호기심을 느끼면서 대화를 나누게 된 것은 물론, 각자 자신만의 내적인 공간을 갖고 서로의 방을 방문하는 형식을 새롭게 배워나간다. 이 부부가 겪은 통과의례는 인생에서 정말 중요한 것이 무엇인가를 깨닫기 위해 반드시 필요한 오류였던 셈이다.

이때의 경험 덕분에 히로니무스는 완전히 새로운 인생을 맞이한다. 성공적으로 운영하던 레스토랑 사업을 접고, ‘중년기의 삶’ 워크숍 강사로 나선다. 자신이 혹독한 중년을 넘기면서 깨달은 것을 다른 사람들과 나누고 싶었기 때문이다.

워크숍 강사로 활동하는 사이 그녀는 가정적으로나 직업적으로 충만한 절정에 도달한다. 이 책에서 저자는 중년이 사춘기 못지않은 격량의 시기라는 것, 그 모순과 도전의 시기를 무사히 뛰어넘을 수 있다면, 그 어느 때보다 만족스러운 조건을 만들어갈 수 있다는 것을 생생하게 보여준다.

중년의 혼란을 창조로 승화시킨 예도 많다. 서울대 사회교육학과 이미나 교수는 2000년에 『흔들리는 중년 두렵지 않다』라는 책을 출간했다. 책의 서문에 밝힌 저자의 심경이 흥미롭다.

그녀는 중년에 들어서면서 엄청난 정체성의 혼란을 겪었고, 참혹한 방황 속에 자신을 포함한 교육학자들이 직무유기를 하고 있음을 깨달았다고 털어놓는다. 준비 없이 맞은 중년의 위기를 어떻게 극복해야 하는지, 왜 그런 일이 일어나는지에 대해 아무도 이야기해주지 않았다는 것이다. 이제까지 교육학자들은 사춘기 문제에만 적극적으로 매달려왔지, 성인의 위기에 대해서는 무지하기까지 했다는 것을 발견한 그녀는, 스스로 중년의 위기에 대한 책을 쓰기에 이른다.

중년이라는 막중한 전환기에 대해 침묵하는 것이 학자로서 부끄러웠고, 사회 차원에서도 그 많은 개개인이 번번이 시행착오를 통해 각자 문제를 풀도록 혹사시켜서는 안 된다는 것이다. 결국 그녀는 문헌 연구와 면접법을 활용하여, 중년의 위기 속에 겪는 상실감, 불만, 의문, 절망, 갈망에 대한 연구를 수행하였다.

나는 여기서 중년의 위기에 대처한 개인 이미나의 행동방식에 주목하고 싶다. 스스로 인정하듯, 그녀의 저술은 분명히 중년기 위기와 중년의 삶에 대해 이해하고 싶었던 그녀 자신을 위한 시도이다. '연구'라는 방법론을 가지고 있었던 학자 이미나는 자신만의 방법론을 활용하여 중년의 위기를 관통한 것이다.

대니얼 레빈슨의 『남자가 겪는 인생의 사계절』을 읽다가 이 모든 것이 한꺼번에 이해되어 "아하!" 하며 무릎을 친 일이 있다. 대니얼 레빈슨은 인생 후반을 향하는 단계에서 여러 가지 심리학적 문제에 봉착하는 시기로 중년을 정의한다. 예를 들면 중년에는 다음과 같은 질문들을 던지게 된다.

"지금까지의 인생에서 무엇을 해왔는가. 가족, 친구, 일, 지역사회 그리고 자기 자신에게 실제로 무엇을 얻었고 무엇을 주었는가.

자기 자신 그리고 주위 사람이 정말로 원하는 것은 무엇인가. 자신의 중심이 되는 가치관은 무엇인가. 그 가치관이 생활에 어떻게 반영되고 있는가. 자신의 가장 뛰어난 재능은 무엇인가. 그 재능을 어떻게 활용하고 있는가. 젊은 시절의 꿈 중에서 무엇을 이루었는가. 지금 무엇을 하고 싶은가. 현재 자신의 욕망이나 가치관과 재능을 병립시키면서 살고 있는가. 현재의 생활에 어느 정도 만족하고 있는가. 어느 정도의 자신감을 가지고 살고 있는가. 외부 세계에서 어느 정도나 효과적인 기능을 하고 있는가. 그리고 현재의 생활을 어떻게 변화시켜야 장래를 위해 더 나은 기반을 구축할 수 있는가.”

성인 발달에 대해 장기적인 연구를 거쳐 나온 결과여서 그런지, 이 질문들은 정말 근본적이고 포괄적이다. 질문만 보아도 절반은 해결된 듯 시원한 기분이 들 정도이다. 중년에는 이처럼 근본적인 질문들과 함께 정체성의 위기가 오기 때문에, 총체적인 혼란을 겪기 쉽다. 이제껏 안전하다고 믿으며 발 딛고 살아온 지반이 통째로 흔들리는 격랑의 시기인 중년은 사춘기에 못지않은 대전환의 시기이다. 흔히 ‘중년’ 하면 ‘위기’라는 말이 떠오를 정도로 혼란이 지배적인 시기이다.

위기에서 성장으로

하지만 그렇다고 중년에 혼란만 있는 것은 아니다. 극심한 정체성의 혼란을 거쳐 자기확신에 도달할 수 있다면, 창조성의 절정을 경험할 수 있다. 내 안의 기질과 체험이 통합되는 위력은 그만큼 크다. 분명한 목적의식과 정열, 그리고 도전과 모험심이 뒤섞인 중년의 변모란 어찌나 전격적이고 경이로운지, 인생의 한 단계라기보다는 새로 태어났다고 하는 게 더 정확할 정도이다. 대니얼 레빈슨의 책 곳곳에서 거론된 사례들이 그렇고, 나를 포함한 많은 평범한 사람들의 사례를 봐도 그렇다. 중년은 기나긴 쇠퇴의 시작이 아닌 잠재력의 시간이고 인생의 르네상스이다. 중년의 이야기는 그저 공상이 아니라 진정한 의미로 가능한 마술이다. 살아온 날의 체험과 살아갈 날에 대한 절실함에서 길어 올린, 희망과 변형의 극적인 드라마이다.

레빈슨이 중년의 과제로 제시하는 것은 젊음/노쇠, 파괴/창조, 애착/분리, 여성성/남성성의 통합이다. 이 네 가지 양극성 사이에 어떻게 균형을 이루고 통합하느냐에 따라 중년의 위기가 도약이 될 수도 있다. 나는 레빈슨이 제시한 네 가지 과제를 보며 이제껏 따로따로 이해하던 것들이 일목요연하게 정리되는 통쾌함을 맛보았다. 알렌 B. 치넨이 남성성과 여성성의 조화 때문에 당황했다가 그 부름을 받아들인 것, 브리기테 히로니무스가 애착과 분리의 혹독한 통과의례를 거친 것, 이미나 교수가 '책 쓰기'라는 방법론을 택한 것 등이 모두 이해가 되었다.

네 가지 과제 중 가장 기본이 되는 것은 젊음과 노쇠의 통합일 것이다. 중년은 젊음에서 노화로 가는 길목이다. 당연히 젊음과 늙음이 뒤엉켜 있다. 그런데 어떤 사람들은 늙음의 징후에만 주목하여 자신을 늙었다고 생각하고, 어떤 사람들은 남아 있는 젊음의 특징을 중시하여 아직 자신이 젊다고 생각한다. 어느 쪽이 더 낫겠는가. 자신을 젊다고 생각하는 사람은 계속해서 활기차게 살아가려는 생동감을 가질 수 있지만, 그렇지 않은 사람은 상실감과 무력감에 시달릴 일밖에 없다.

20년간 6차례에 걸쳐 각 개인의 노화에 대한 생각을 설문조사한 연구가 있었다. 연구 결과 나이가 들어가도 계속 자신을 긍정적인 존재로 생각한 사람들이 그렇지 않은 사람들에 비해 약 7년 6개월을 더 오래 살았다고 한다.

이것은 엄청난 시간이다. 평균 4년 이하씩 수명을 단축시킨다는 고혈압이나 콜레스트롤 수치보다도 영향력이 더 크다. 그러니 노화에 대한 두려움에 사로잡혀 아무 일도 시작하지 못하는 것은, 새로운 문이 열리는 것을 놓치는 일일 뿐 아니라 수명을 단축시키는 못난 짓이다.

과거에는 40대를 중년이라고 여겼다. 하지만 요즘 40대는 중년이라기에는 너무 젊다. 남녀를 불문하고 어찌나 젊은지 조금 노숙한 청춘에 다름없다. 평균 결혼 연령이 늦어져 40대라 해도 아직 아이들이 어린 것도 한몫했을 것이다. 오죽하면 요즘은 사람들의 실제 나이에 0.7을 곱해야 체감나이가 된다는 말이 나올 정도이다.

쉰은 되어야 비로소 중년이라고 부를 만하다. 신체적 노화도 쉰 살 무렵부터 비로소 시작된다. 사회적으로는 명예퇴직을 하거나 성장한 자녀가 독립해 떠나는 시점으로, 실질적인 홀로서기에 대면하게 된다. 나만 해도 40대까지는 전혀 나이를 의식하지 않고 살았다. 50대에 들어서 너무나 독립적으로 잘해나가는 아이들을 보며 '아! 이렇게 후진으로 물러앉는 건가' 하는 충격을 받았다.

그렇다 해도 나는 여전히 젊다. 호기심과 열정, 행동 같은 젊은이의 특징을 그대로 가지고 있다. 거기에 사회성이나 인내심이 나아져 이제껏 그 어느 때보다도 쓸 만해졌다. 그런데 세상은 그렇게 생각하지 않는 것 같다. 일할 기회도 주지 않을뿐더러 은연중에 제쳐놓고 무시하는 시선에 억장이 무너진다. 이제 겨우 살아볼 만한데 그만 물러나라니 말이나 되는가. 너무 기가 막혔다. 어떻게 나이 들어갈 것인가 고심 끝에 중년에 대한 책을 집중적으로 찾아 읽기 시작했다. 그랬더니 웬걸, 중년에 이렇게 심오한 의미가 있을 줄은 몰랐다. 사회에 만연한 중년에 대한 그릇된 이미지가 억울하게 느껴질 정도였다.

그렇다면 언제부터 노인인가 하는 것도 따져보지 않을 수 없다. 우리는 마치 노인들이 태어날 때부터 노인으로 태어난 것처럼 생각하는 경향이 있다. 끔찍한 타자화이다. 그러나 이 모든 고정관념과 기정사실이 '나'의 경우가 되면 달라진다. 노인? 도대체 언제부터 노인이란 말인가? 통계학상 65세 이상을 노인으로 지칭한다지만,

154

다른 연령대와 마찬가지로 나이 든 사람들에게도 개인차라는 게 존재한다. 나는 사회가 만들어놓은 천편일률적인 개념대로 늙어갈 생각이 없다. 숫자에 갇혀 타자화된 정체성을 받아들일 필요는 없다.

속도감이야 약간 떨어지겠지만, 연륜에서 오는 지혜와 판단력, 온유한 자신감을 갖춘 이 상태를 노인이라고 지칭하는 순간, 아무 개성도 없고 진취성도 없는 늙은이의 존재만 남고 만다. 나이 든 사람을 노인이라고 부르는 것은, 마치 흑인을 블랙이라고 부르는 것처럼 폭력적인 일이다. 노인이라는 용어는, 스스로 일상생활을 해결할 수 없는 상황에 처했을 때 비로소 사용해야 한다고 생각한다.

소노 아야코는 『나는 이렇게 나이 들고 싶다』에서, 누군가 베풀어주기만을 요구하는 사람을 노인이라고 정의한다. 진정한 성년이란 육체적 연령과 관계없이 베푸는 사람이기 때문이란다. 설령 불운한 병을 앓고 있어 주위의 보살핌을 받을 수밖에 없는 사람도, 주위에 진정 감사하는 마음을 갖는다면 남에게 기쁨을 줄 수 있다고 한다.

몽테뉴는 『수상록』에서 더 이상 인생을 수정할 수 없다고 느끼는 순간에 노화가 우리를 추격해버린다고 말했다. 전환 능력의 상실을 노화의 특징으로 본 것이다. 젊음은 불행한 시기에도 스스로 회복할 수 있는 힘이기 때문에 몽테뉴의 말도 가슴에 와 닿는다. 어떤 기준을 수용하든 생물학적인 나이 구별이 무색할 만큼 다양한 사람들이 어울려 사는 이 시대에는, 노화가 시작되는 시점이 개인에 따라 다르다는 생각만이라도 받아들일 필요가 있다. 일정 연령을 정해놓고 그 선을 넘은 사람들을 싸잡아 노인 대접하기보다, 한 사람의 자립지수나 변화하는 능력, 문화를 생성하는 힘을 '개별적'으로 판단하는 것이 필요하다.

늙지도 젊지도 않은 일단의 사람들을 '중년'이라고 부르는 것도 마찬가지이다. 새 술은 새 부대에 담으라는 말이 있듯이, 이처럼 길어지고 달라진 세대를 표현할 새로운 이름이 필요하다. 위태롭고 천덕꾸러기 같은 '중년'이 아닌, 훨씬 젊어지고 계속해서 성장해 나가는 세대를 대변하는 용어가 필요하다.

누군가는 숙년기(熟年期)라 부르기도 하고, 수익기(收益期, Vantage Years)라고 부르자는 주장도 있다. 둘 다 일본 책에서 본 개념인데 충분히 성숙해진 시기, 혹은 이제껏 계속해온 노력에서 무언가 거두어들이는 시기라는 뜻일 것이다. '서드 에이지(Third Age)'라는 용어도 있다. 나는 서드 에이지가 마음에 든다. 조만간 누구나 공감하는 한글 용어가 나오기를 기대한다.

새로운 자기정의

지금 나이 들어가고 있는 사람들은 여러 모로 새로운 세대이다. 소위 '베이비부머'라고 불리는 이 세대는 산업사회의 열매를 누린 첫 세대로서 경제력을 갖추었다. 대학 교육의 대중화 덕분에 넘치는 자의식을 가졌으며, 사회운동을 온몸으로 겪기도 했다. 사회의식과 경제력과 조직력을 두루 갖춘, 역사상 유례없이 강력한 고령자집단인 것이다. 가족관계와 생활문화, 평생교육과 이익집단, 나아가 정치운동에 이르기까지 무한한 잠재력을 가진 이들이 어떤 라이프스타일을 추구하느냐에 따라 미래의 사회 모습이 달라질 수 있다. 이렇게 막중한 사명을 가진 세대가 또 있었던가. 어정쩡하게 '낀세대'가 아니라 '신인류'라 부를 만하지 않은가. 새로운 시대의 혁명성을 감지하고 주도적 역할을 감내하는 주체로서 중년의 자기정의가 필요하다.

이제 중년은 새로운 시대를 만들어나가는 주역이다. 전인미답의 신천지를 역할모델도 없이 걸어가야 한다는 점에서 우리의 발걸음은 창의적이고 비장하다. 후세대는 우리가 걸어간 길을 보고 따라올 것이다. 결국 우리는 창의적 전사이다. 가족과 사회 위주로 사고하던 습관에서 벗어나, 나 자신에게 집중하는 것은 기본이다. 우리는 이제 누구의 엄마나 아버지가 아니요, '박부장'도 '오팀장'도 아닌 우리 자신이다. 모든 것의 출발은 나 자신이요, 나의 행복으로 귀결된다.

이제 '나 자신'으로 돌아온 중년의 그대가 할 일은 남은 시간을 어떻게 혁신적으로 향유할지 연구하는 일이다. 마음을 따라가라. 마음을 따라가지 않는다면 도대체 무엇을 따라갈 수 있단 말인가. 가고 싶은 길로 가고, 하고 싶은 일을 하던 스무 살의 마음으로 돌아가라. 조직 사회의 논리에 젖은 사람에게는, 쉰이라는 나이가 한물 꺾인 은퇴자로만 보이겠지만, 쉰이라는 나이에 시작해 신기원을 이룬 사람들의 사례는 넘치도록 많다.

평균수명은 시시각각 연장되고 있다. 지난 160년간 여성의 평균 수명은 1년에 3개월씩 연장되어왔다. 특별한 사람들만이 중년의 위대한 성취를 하는 것이 아니다. 유사 이래 지금처럼 개인주의가 각광을 받던 때가 또 있었던가. 당신도 또 나도 꼭꼭 숨겨놓았던 꿈을 끄집어낼 때가 되었다. 50대 이후 30년의 여생은 그러라고 있는 것이다.

베이비부머 세대는 전세계적으로 막강한 수적 강세에 힘입어 세상을 바꾸며 살아왔다. 그들은 음식을 먹기만 한 것이 아니라 레스토랑과 슈퍼마켓 산업을 진흥시켰다. 그들은 옷을 입기만 한 것이 아니라 패션 산업을 전면에 부각시켰다. 그들은 데이트만 한 것이 아니라 성역할의 이미지를 바꾸어놓았다. 당연히 베이비부머 세대에서는 나이 들어가는 것의 정의도 새로워져야 한다.

'무녀리'라는 말을 아는가? 짐승이 한 번에 낳은 새끼들 중에 가장 먼저 나온 놈을 가리키는 것으로, 그중 작고 약하다. 어미의 산도를 열기 위한 자연의 배려이다. 이 시대의 중년은 역사상 유례가 없는 고령사회의 무녀리인 셈이다.

고령화의 급물살에 떠내려가는 허약한 장자(長者)가 될 것인가, 신인류의 선발대가 될 것인가는 우리 스스로 문화를 창조할 수 있느냐 없느냐에 달려 있다. 무엇부터 시작해야 할까? 뜻을 같이 하는 사람들끼리 모여 우선 조그만 모임을 조직하라. 독서와 토론을 통해 새로운 시대에 대한 비전을 갖고, 서로의 경험과 자질에 대한 격려와 피드백으로 새로운 도전을 촉발하자.

이렇게 곳곳에 수많은 자조 모임이 생긴다면, 수시로 연합하여 따로 또 같이 할 일은 많을 것이다. 거기에서부터 남은 시간을 온전히 우리 힘으로 기획해보자.

경험에 의하면 내 길을 찾으면 행복하다.

이것을 만나려고 그렇게 먼 길을 돌아왔구나 싶어

고개가 끄덕여진다.

그동안의 모든 경험들이 통합되어

나의 잠재력이 풀가동되는 느낌,

내 인생을 장악하고 있다는 만족감,

내가 이 안에서 계속 성장해 나가리라는

확신이 든다.

보고 배워야 한다

　　　　　"창조적인 글을 쓰기 위해서는 우선 창조적인 글을 모방하라. 독창성을 강조하는 교육을 받아온 당신은 조금 어리둥절하겠지만, 독창성이나 개성에 이르기 위해서는 무엇이 독창성이고 무엇이 개성인지 먼저 알아두어야 한다. 정말 독창적이고 개성 있다고 생각하는 글을 찾아서, 꼭 빼닮도록 흉내를 내는 것으로 비로소 그 세계를 알고, 언어세계의 가능성을 체감하는 것이 필요하다."

　　다카하시 겐이치로가 『연필로 고래잡는 글쓰기』에서 한 말이다.

나는 이 말을 진심으로 믿는다. 창의성이라는 게 아무것도 받아들이지 않은 허허벌판 같은 마음에서 저절로 우러나지는 않을 것이다. '보지 않은 것은 상상할 수 없다'는 말처럼, 바탕이라는 게 있어야 새로운 가지도 칠 수 있다.

같은 맥락에서 자기답게 살고 싶은 사람들은 정말 자기답게 사는 사람들을 접해보아야 한다. 우리는 대개 부모님을 보며 먹고산다는 것의 지엄함과 고달픔을 배운다. 동시에 부모님과는 조금 다르게 살고 싶다는 생각도 하게 된다. 그러나 '조금 다른 삶'에 대한 명확한 그림이 없고서는, 강력한 변화를 추동해내기가 쉽지 않다.

이럴 때 정말 자기답게 사는 사람들을 접할 수 있다면, 자극과 감화를 받아 지속적인 의욕을 충전할 수 있을 것이다. 그러고 나면 한두 번 좌절한다 해도 쉽사리 포기하지 않고 목표를 향해 걸어갈 수도 있을 것이다. 이것이 역할모델의 힘이다. 물론 반드시 역할모델을 그대로 따라 할 필요는 없다. 자기답게 사는 삶의 향기를 맡는 것으로 충분하다. 그것만으로도 나다운 삶을 살고 싶다는 욕구는 멈추지 않고 흐를 것이다.

주변에서 역할모델을 발견할 수 있는 사람은 행운아이다. 그렇지 못할 때에는 책 속의 인물도 괜찮다. 모든 면에서 만족스러운 사람이 어디 그리 많으랴. 단 한 가지라도 감탄스럽거나 부러운 인물을 자주 접하다 보면, 그것이 차곡차곡 쌓여 삶에 대한 주체성과 주도성을 강화시켜줄 것이다.

직관을 따르라

조금씩 나아지고 있기는 하지만, 나는 새로운 사람을 만나는 것을 즐기는 편이 아니다. 그 대신 나는 책에서 배운다. 영감을 받을 수 있는 책을 만나면 날아갈 듯이 기쁘다. 저자가 평생 걸려 도달한 깨달음을 순식간에 내 것으로 만들 수 있으니 말이다. 하나의 생각 혹은 한 인간이 내 안으로 들어와 나의 일부가 된다. 이런 몰입독서의 습관에서 얻은 것이 아주 많다. '아, 나만 이렇게 생각하는 것은 아니었구나'라는 사실을 확인하는 순간 내 소신은 좀 더 단단해지고, 같은 길을 걸어가는 동지를 만난 것처럼 뿌듯하다. 아울러 '이들은 어떻게 이렇게 해낼 수 있었을까' 하는 감탄과 부러움이 게으른 나를 채찍질한다.

내가 좋아하는 인물들은 직관을 따라가는 사람들이다. 자기중심적인 내게는 언제나 내 마음이 제일 중요하다. 그러다보니 실속 없이 일도 많이 저질렀다. 그렇게 의기소침해질 때마다 책 속에서 직관의 위력을 발견하는 맛은 최고이다.

직관을 따르는 사람들은 다른 사람들이나 사회가 정해주는 기준이 아닌 내면의 소리를 따라간다. 그들은 자신의 선택과 집중 자체를 즐기기 때문에 빨리 성공해야 한다는 조급증이 없다. 성공한 뒤에 찾아오는 우울증도 없다. 목적지보다 그곳까지 도달하는 과정을 더 즐기기 때문에 일상에 활기가 넘친다. 내가 선택한 일이 즐겁다면 원하지 않아도 높은 성과를 올리게 될 것이다. 직관을 따라가는 최고의 보상은 생동감이다. 생동감은 자연스럽게 주변으로 퍼져 나간다. 그래서 내가 진정으로 바라는 일을 하게 되면 저절로 남을 도울 수도 있다.

샥티 거웨인은, 합리적인 마음은 컴퓨터처럼 논리적이지만 입력된 정보만으로 계산을 하는 한계가 있다고 말했다. 반면에 직관적인 마음은 무한한 정보에 닿아 있다. 그것은 우주의 마음, 즉 지식과 지혜의 깊은 저장고에 들어갈 수 있는 채널이다. 우리는 직관이라고 부르는 것을 통해 우주의 더 높은 힘에 연결될 수 있다. 많은 사람들이 직관을 따라 빛나는 성취를 이루었다. 그들은 우연히 부딪친 장면에서 반짝 하는 영감을 그냥 지나치지 않았다. 오랜 세월을 두고 준비하고 도전하여 기어이 원하는 것을 이루었다. 나는 어떤 사람이 운명적인 대상과 만나는 것을 보기를 즐긴다. 그 대상이 다양한 것에 번번이 놀란다.

아멜리아 에어하트에게 그것은 비행기였다. 1918년 보조간호사였던 그녀는, 어느 날 친구와 함께 근처 비행장에 놀러 간다. 마침 비행 중이었던 한 조종사가 그녀들 쪽으로 비행기를 급강하하는 장난을 친다. 친구는 기겁을 해서 도망쳤지만 에어하트는 꼼짝도 하지 않고 비행기를 노려보았다.

"비행기가 나를 향해 내리꽂히는 순간 두려움과 기쁨이 뒤섞여 밀려왔다. 상식으로는 기체가 고장 났거나 조종사가 실수하는 것이라고 생각하면서도 움직일 수가 없었다. 그 순간에는 명확하게 감지하지 못했지만 그 작은 빨간색 비행기가 나를 보고 뭐라고 속삭이는 것만 같았다. 나는 그때 저놈의 비행기를 내가 꼭 타보고야 말겠다고 생각했다."

그녀는 그날 이후로 비행 외에는 어떤 것에도 눈을 돌리지 않았다. 비행학교를 다녀 조종사 면허를 따고, 무섭게 돈을 절약하며 돈을 모았다. 마침내 자신의 경비행기를 장만하여 연습을 거듭했다. 그리고 1932년, 여성 최초로 대서양 횡단 비행에 성공한다. 비행장에 놀러 간 지 14년 만의 일이었다.

여성의 역할에 있어 새로운 역사를 쓴 그녀의 쾌거는 많은 사람의 찬사를 불러 일으켰다. 1933년 프랭클린 루스벨트 대통령이 그녀를 백악관에 초대했다. 만찬에서 영부인 엘리노어가 비행기를 타본 적이 없다는 사실을 알게 된 그녀는 즉시 이스턴 항공사에 연락해 비행기를 한 대 빌렸다. 그날 저녁 땅의 퍼스트레이디와 하늘의 퍼스트레이디는 기다란 이브닝 가운 차림으로 흰 장갑을 낀 채 워싱턴 하늘을 날았다.

애니 펙에게 그것은 산이었다. 그녀는 45세에 우연히 알프스 근처를 지나다 웅장하고 아름다운 봉우리를 보고 한눈에 반했다.

"나는 내가 산을 위해 태어났고 산 또한 나를 위해 존재한다는 느낌을 강하게 받았다. 나를 손짓하는 그 장엄한 봉우리들을 오르지 않고서는 행복이 무엇인지 모르고 살게 될 것 같았다."

결국 그녀는 미국에서 여성으로서는 처음 따낸 교수 자리를 내던지고 산에 미치게 된다. 1895년 45세에 알프스의 마터호른 산 4,505미터에 올랐으나, 여자가 드레스가 아닌 바지 차림으로 등반

했다는 논란에 휩싸였고, 59세에는 여자 대장을 깔보는 남자들을 이끌고 5전 6기 끝에 페루 후아스카란 6,768미터를 초등했으며, 61세에 페루 코로푸나 6,425미터를 초등해 여성 등반계의 선구자가 되었다. 그녀는 77세에 비행기를 타고 자기가 오른 산들을 돌아볼 계획을 세우기도 했다.

브라이언 트레이시에게 그것은 사하라 사막이었다. 막연히 '원대한 삶'을 꿈꾸던 스무 살 시절 어느 날 갑자기 그의 머리에 사하라 사막이 떠올랐다. 그리하여 무작정 사막 종단에 도전한다. 그는 친구들 몇 명과 '살아 있는 사람들'이라는 팀을 이루어, 이루 형언할 수 없는 역경 속에 마침내 사하라 종단에 성공한다.

길이 보이지 않을 정도의 모래 폭풍, 50도가 넘는 열기 아래서의 히치하이킹, 자동차 수리비를 위해 대사관에 가서 도움 청하기, 여행 동지들의 고장난 폴크스바겐, 심지어 비자 수속비 80달러를 아끼기 위해 말리 국경을 무단 통과하는 만용까지 불사한다. 돌이켜 생각하면 그들 자신도 오싹했을 이 경험은 그들에게 많은 것을 선물한다.

그는 사막을 종단한 후 못할 것이 없다는 자신감을 얻었다. 자신의 삶이 성공하도록 프로그래밍되었다는 확신이 생겼다. 결국 그는 세계적인 강연가이자 저술가로 성공했다. 접시닦이와 세차와 청소부를 전전하며 자신의 인생이 무언가를 닦는 일에만 그칠 것인가 고민하던 브라이언 트레이시, 집이 없어 차 안에서 잠을 자던 그가 말이다.

이들은 모두 직관을 따랐다. 직관을 따랐기 때문에 열정에 불타오를 수도 있었다. 직관보다 더 좋은 안내자가 없고, 열정보다 더 좋은 연료가 없는 셈이다.

직관은
실행력으로 완성된다

그러나 어디까지나 직관은 시작에 불과하다. 우리는 누구나 수시로 직관을 경험한다. 그러나 순간적인 예감의 가치에 확신을 갖지 못하고 그냥 흘려버리거나 잠시 몰두하다 포기해버릴 때가 많다. 그런 경우에 직관은 변덕이나 사행성 충동으로 전락하고 만다.

어떤 직관이 한순간의 변덕이 아닌 가치 있는 생각이었다고 증명되는 순간은, 실천을 통해 세상에 드러날 때이다. 즉 순간적인 아이디어를 행동으로 관철해내는 실행력이 있는 사람들을 직관적인 사람이라고 부를 수 있을 것이다. 끊임없는 인내와 실행력이 있느냐 없느냐의 차이가, 직관과 '지르기'를 판가름한다. 샥티 거웨인 식으로 말하면 직관이란 "우주와의 교감을 끝까지 파고들어 현실 속에 구현함으로써 무언가 인간세계에 도움을 주는 것으로 완성하는 행위"이기 때문이다. 살아볼수록 새록새록 느끼는 것이 있다면, 그것은 실행력의 중요성이다.

이 세상에서 인내와 실행력보다 더 중요한 것은 없다. 재능만으로는 충분하지 않다. 재능은 혼자서는 움직일 수 없는 괴석과 같다. 그것을 가장 어울리는 풍광 속으로 옮겨놓는 것이 우리가 할 일이다. 졸업장과 자격증만으로는 충분하지 않다. 그것들은 비로소 실전에 임할 준비가 되었음을 뜻할 뿐이다. 꿈과 이상만으로 도달할 수 있는 곳은 없다. 몽상과 창의성의 차이는 실행력이다. 마음속에 잠자고 있는 꿈이 있다면 내버려두지 마라. 세상에서 제일 슬픈 말은 '그럴 수도 있었는데'라고 하지 않는가.

성공하기 위해 꼭 그 많은 자기계발서를 다 읽을 필요는 없다. 우선 도달하고 싶은 곳을 정하고 날마다 그곳에 가기 위해 도움이 되는 일을 하면 된다. 어느 곳으로 갈 것인가? 의외로 자신이 원하는 것을 알지 못하는 사람들이 많다. 심지어 정말 내가 원하는 것인지 어떻게 알아보느냐는 사람도 있다.

경험에 의하면 내 길을 찾으면 행복하다. 이것을 만나려고 그렇게 먼 길을 돌아왔구나 싶어 고개가 끄덕여진다. 그동안의 모든 경험들이 통합되어 나의 잠재력이 풀가동 되는 느낌, 내 인생을 장악하고 있다는 만족감, 내가 이 안에서 계속 성장해 나가리라는 확신이 든다. 그래서 내 길을 찾으면 가슴이 뛰고 아드레날린이 솟구쳐 흐른다.

우선 내가 무엇을 할 때 가장 행복한지를 찾아내라. 행복한 순간을 최대한 많이 일상에 배치하는 것이 성공 아니겠는가. 그러기 위해서는 나에 대한 집중적인 탐구가 필요하다. 많은 사람들이 나를 찾기 위해 명상을 하고 상담을 하고 여행을 떠나지만, 나는 내 안에서 찾아야 한다고 생각한다. 나를 찾고자 절치부심하는 사람들에게

'미스토리', 즉 '나 자신에 대한 이야기'를 써볼 것을 권하고 싶다. 그저 성찰하는 것에서 그치지 않고 글로 옮겨보면 더 큰 발견을 하게 된다. 글자는 훨씬 더 큰 도발을 불러오기 때문이다. 사회의 잣대로부터 자유로웠던 어린 시절의 내 모습에 단서가 있을 수도 있고, 반복해서 저지르는 실수 속에도 내가 있다. 지금 품고 있는 꿈의 뿌리가 생각보다 깊다는 것을 발견하기도 한다.

미스토리를 쓰고 나서 좋은 점은 과거에 얽매이지 않게 된다는 점이다. 글로 쓰고 나면 객관성이 생겨서 더 이상 과거의 실패를 곱씹지 않는다. 내 삶을 한 편의 이야기로 느끼게 되므로, 시선이 미래로 확장된다. 내 삶을 감동적인 이야기로 만들고 싶다고 생각하게 하는 것이 미스토리의 위력이다. 내가 아는 한 미스토리는 가장 강력한 자기계발 도구이다.

내가 누구인지 알게 되면 어디로 갈 것인지도 정해질 것이다. 이것이 내 길이다 싶으면 있는 힘을 다해 그 길을 가면 된다. 한 시절 살아낸 우리는 '내 길'에 대한 확신이 있다. 할 수 있는 것은 하고 할 수 없는 것은 내려놓는 지혜도 생겼다. 내가 지금 일할 수 있는 것을 고마워하는 겸허함도 있다. 그러니 무엇이 문제이랴. 내가 선택한 일에 나의 모든 것을 바치지 못하는 것을 두려워하며 그저 갈 뿐! 그저 할 뿐! 그렇게 가다 보면 어느 틈에 사하라를 종단하게 될 수도 있을 것이다.

"엄마 제 걱정은 하실 필요 없다는

말씀을 드립니다.

지금은 그냥 엄마 자신만을 걱정하시면 됩니다.

끝까지 가세요. 엄마.

엄마가 해야만 하고, 할 필요가 있고,

하고 싶고, 하기를 희망하는 것을 모두 해버리세요.

어떤 욕망도 채우지 못한 채

마음속에 남겨두지 마세요.

이건 엄마의 시간이니까요."

당신의 그림자를
뛰어넘어라

나는 아직도 내가 커서
무엇이 될지 모른다

1979년, 대학 졸업을 앞둔 어느 날 나는 종로 거리를 걷고 있었다. 당시 농촌활동에 푹 빠져 있던 나는 직접 농촌에 들어가 농사를 짓는 것 외에는 하고 싶은 일이 없었다. 하지만 그런 열정에도 불구하고 일말의 두려움이 남아 있었는지, 진로에 대한 최종 결정을 앞두고 여기저기를 배회하며 고민에 빠져 있었다. 건널목의 신호등이 바뀌고 건너편에서 사람들이 건너오기 시작했다. 보도에 서 있던 사람들이 신호와 함께 8차선 도로 위로 물

결처럼 쏟아져 나오는 순간 나는 환각에 빠졌다. 마치 그 사람들이 내게 '나처럼 살아라, 나처럼 살아라' 하고 주문을 외는 것 같은 중압감마저 느껴졌다. 하지만 마지막 순간의 고민을 뒤로하고, 결국 나는 농촌으로 내려갔다. 어느 길로 가야 할지 미심쩍을 때 나는 기꺼이 내 마음을 따르기로 했다.

농촌활동은 타고난 나의 감수성과 낭만주의에 딱 맞았다. 18호밖에 안 되는 작은 동네였다. 좁은 강줄기가 마을을 휘감아 흘러가고, 강가에는 제법 모래사장까지 있어 풍광이 수려한 곳이었다. 그곳에서 나는 동네 머슴과 같았다. 일손이 필요한 곳이면 어느 집이나 가서 농사일을 거들었고, 아무 집이나 가서 얻어먹었다. 나는 주민들에게 경제 상식을 가르치고 협동조합을 소개하는 등 의식화 교육을 하기도 하고, 동네 특산물인 고추와 마늘을 서울로 직송하여 판매를 알선했다.

짬만 나면 동네 아이들과 돌아다녔다. 땔감을 하러 가는 아이들을 따라가, 썰매처럼 나무를 가득 해 얹은 지게에 올라타고 신나게 비탈길을 내려오기도 했다. 사람이 드나들지 않는 동굴에 가본 적도 있다. 칠흑같이 어두운 동굴을 손전등으로 비춰가며 탐사하는 발걸음은 무슨 비밀결사처럼 두렵고 신비로웠다. 천장에 커튼처럼 화려하게 드리워져 있던 종유석이 아직도 기억에 남는다. 겨울이면 눈밭에서 토끼몰이를 하여 잡은 토끼고기로 만두를 빚어 온 동네가 나눠 먹던 그 시절, 동화처럼 순수하고 열정적인 시간들은 내게 첫사랑의 기억으로, 행복의 원형으로 남아 있다.

농사를 짓다 힘이 들면 잠시 교직에 있더라도 농촌을 떠나지는 않았다. 그러다가 기어이 진짜 농사꾼과 결혼을 하기에 이르렀다. 내게는 도시 중산층의 삶보다 농민의 삶이 더 구체적으로 다가왔고, 한번 마음먹으면 다른 사람들의 평가 같은 것은 안중에 없는 기질 덕분에 가능한 일이었다.

40대에는 학원을 운영했다. 길목도 좋고 아이템도 좋은데 나는 돈도 없고 경험도 없었다. 농촌 생활의 어려움과 고부 갈등에 떠밀려 무슨 일이든 바깥일을 하지 않고는 견디지 못할 것 같았다. 너무 하고 싶어서 방법을 찾느라 징징 울고 다녔다. 1년간을 망설이다가 은행에서 대출을 얻어 2층 건물을 신축했다. 그야말로 맨땅에 헤딩하는 식이었다. 아무것도 모르고 창업한 것치고는 하늘이 도운 셈이다. 13년간 학원을 운영해서 아이들을 키우며 먹고살았으니 말이다.

좌석 7백 석의 지역문화회관에서 학습발표회를 할 때, 사진을 찍느라 무대 앞에 몇 겹으로 포진한 학부형들의 모습과 주차장을 가득 메운 승용차의 행렬은 가슴 벅찬 감동이요 환희였다. 학원생들을 데리고 뉴질랜드와 필리핀으로 어학연수를 가기도 했다. 홈스테이를 하며 현지인들과 진솔한 우정을 나눈 일은 지금까지도 각별한 기억으로 남아 있다.

그리고 지금 나는 인디라이터가 되고 싶다는 새로운 목표를 가지고 50대를 힘차게 열어젖혔다. 어찌 보면 나의 선택 중 어느 것 하나 평범한 것이 없었다. 안전한 길을 추구하는 성실한 사람들의 눈에는 조마조마해 보일지도 모르겠다. 오죽하면 황당하다는 말까지 들었으랴. 하지만 나는 아직 멀쩡하다. 지극히 건재할 뿐만 아니라 누구 못지않게 씩씩하다. 하고 싶은 일을 참지 않았던 덕분이다. 내게는 일말의 감상이 있을지언정 응어리 진 회한은 없다. 대단한 성공을 이루지는 못했지만 치명적인 결핍도 없다. 늘 마음을 따라가다보니 별로 스트레스도 받지 않는다.

내가 계속해서 도전하고 실험하는 유형이라는 사실이 가장 중요한 것 같다. 한 가지 직업, 한 가지 정체성, 한 가지 관심사를 가지고 살아가기에는 인생이 너무나 길어진 탓이다. 수명연장시대는 나처럼 철없는 사람을 위한 것이다. 새로운 것을 보고 매혹당하는 것도 재능이다. 마음이 이끌리는 대로 따라가는 것도 강점이다. 다른 대안이 없을 바에는 열 번 망설이고 관두는 것보다 저질러보는 것도 괜찮다. 적어도 경험이 생기고 한 가지 옵션을 점검해볼 수 있기 때문이다. 실수조차 없었더라면 내 인생은 텅 비었을 것이다. 나는 언제까지나 매혹당하고 저지르며 살아갈 것이다. 그러니 나는 아직 내가 커서 무엇이 될지 잘 모른다.

'내가 행복한 쪽'으로
선택하라

누구나 마음속에 오래된 꿈이 있다면 결코 그것을 잠재운 채 내버려두지 말라고 말하고 싶다. 재미있는 일이 하나도 없어

생활에 활기가 없다면, 변화가 필요하다는 신호이다. 계속해서 내면의 욕구를 억누를 경우 이유 없이 여기저기가 아프기도 한다.

달라지기 위해 반드시 대단한 목표나 과정이 필요한 것은 아니다. 스스로 그어놓은 고정관념이나 한계를 한 걸음만 벗어나는 것으로도 충분하다. 어느 날 갑자기 집을 팔고 세계일주를 떠나는 것만 모험이 아니다. 작은 일이라도 나의 경계를 뛰어넘는 것, 그것이 모험이다. 일주일에 한두 번은 온전히 나만을 위해 시간을 쓰기, 위압적인 남편에게 좀 더 자주 내 의견을 말하기, 나와 기질이 다른 사람들을 포용하려 노력하기, 모든 조건이 완벽하지 않더라도 직감이 움직이는 쪽으로 과감히 이직하기, 마음속에 품고만 있던 꿈을 꺼내어 살펴보기 등, 도전과 변화에 마음을 열어놓는 모든 행위가 모험이다. 모험적으로 살겠다고 생각하는 것이 모험의 시작이다.

지극히 제한된 기회라고 해도 될 수 있으면 내가 행복한 쪽으로 선택하는 것, 모든 모험은 거기서 출발한다. 머리 아프게 골몰하고 있는 문제가 있다 해도 어쩌면 생각보다 어렵지 않을 수도 있다. 가사노동을 전담하느라 지칠 대로 지친 주부가 있었다. 그녀는 남편은 관두고라도 성장한 아들에게 도와달라고 말하고 싶었다. 그러나 아들이 어떻게 나올지 몰라 쉽사리 말을 꺼낼 수가 없었다. 이 문제로 노심초사하던 그녀가 어느 날 겨우 용기를 내서 아들에게 좀 도와달라고 말했을 때, 아들은 이렇게 말했다고 한다.

"진작 말씀하시지 그랬어요! 무슨 일부터 하면 되요?"

지금 자신이 원하는 것이 얼마나 어려울지는 시도해보기 전에는 알 수 없다. 커다란 바윗덩어리라고 생각했던 일이 막상 시도해보니 그저 옮겨놓으면 되는 조그만 돌덩어리에 지나지 않더라는 사람들이 많다.

설령 만만치 않은 장애물에 부딪힌다 해도, 더 나은 삶으로 가기 위한 이정표로 생각하면 된다. 모든 고난은 메시지이다. 나 역시 책에서 이런 내용을 처음 접했을 때는 그저 쉽게 하는 소리라고 생각했는데, 자꾸 넘어지다 보니 내가 살아남기 위해서라도 이 말을 받아들이지 않을 수 없었다.

나는 이제 스스로 훈련하기에 이르렀다. 어려움에 부딪히면 짜증을 내거나 낙심하는 것이 아니라, 의도적으로 생각한다. 나처럼 철없는 사람에게 누군가 또 한 수 가르쳐주는구나. 이번에는 무엇일까. 곰곰이 따져보면 반드시 배울 점이 있다. 아하! 고개를 끄덕이며 그 메시지를 온몸으로 받아들이고 나면, 어느새 고난의 의미는 약해지고 나는 성장한다.

구체적인 결단을 내리지 못해 힘들어하고 있는 중년들에게 해주고 싶은 이야기가 있다. 결혼생활을 계속 유지할 것인가 말 것인가를 놓고 갈등하던 한 미국 여성이 있다. 그녀는 결정을 내리기 전 혼자서 메인 주의 커다란 산꼭대기에 올랐다. 힘겹게 오른 그곳에서 그녀는 이제까지 보지 못했던 최대의 절경을 경험했고, 그 순간 인생에 커다란 전환을 가져올 결심을 하기에 이른다.

"이 황홀경을 더욱더 만끽할 수 있는 삶을 살 테다. 이 자연처럼 진정 광활한 관계와 에너지, 그리고 독립적인 삶을!"

이것이야말로 자기 삶을 사는 사람의 기본이 아닌가. 무엇이든 나를 축소시키고, 침묵하게 하고, 시들게 하는 것은 잘라버려라. 계속해서 나를 성장하게 하고 활기차게 하고 확장시키는 것에 접근하라.

많은 여성들이 자기 재능을 확신하지 못하거나 잡다한 대소사에 묶여 '자기 위주'로 생활하지 못함으로써 변화를 이끌어내지 못한다. 그러나 인간은 누구나 자기가 원하는 삶을 설계하고 성취할 수 있다. 내면에 강요된 '보조자 의식'과 '패배 의식'을 일소하고, 자신이 진정 원하는 것을 따라가면 된다. 역할모델과 지지집단이 있다면 목표를 달성할 수 있는 가능성은 더 높아진다. 역할모델이 주변에 없다면 책 속에서 찾으면 되고, 지지집단은 만들면 된다. 결국 모든 출발은 내가 원하는 삶을 꾸리고자 하는 의지, 절실함의 문제이다.

어쨌든 첫걸음이 중요하다. 내가 움직이지 않으면 아무 일도 일어나지 않는다. 한 걸음을 떼고 보니, 모든 것이 기다리고 있었던 것처럼 다가오기 시작했다는 사람들이 많다. 나의 절실함이 우연을 필연으로 만들고, 나의 열망과 집중력이 기회를 잡아당기는 것이다. 무언가를 간절히 원하면 우주가 그 소원이 이루어지도록 도와준다는 말도 있지 않은가. 그러니 우선 시작하라. 완벽하고 구체적인 계획을 세울 때까지 기다릴 필요는 없다. 어느 쪽으로 갈 것인지 방향을 정했으면 움직이면서 생각하라. 꿈은 계속해서 발전하는 것이다.

때로 삶은 아주 구태의연해 보인다. 더 이상 가슴이 뛰는 일도 없고, 삶에서 맛볼 것이 조금도 남아 있지 않다는 생각이 들면 사는 게 참 재미없다. 모든 것이 익숙하고 모든 것이 낡았으며 모든 것이 지나간다. 한때 나를 사로잡았던 열정이 사라졌을 때, 그것은 새롭게 다가올 열정까지 미리 빛바래게 만든다. 아침에 눈을 뜨고 서둘러 일어나야 할 이유가 없어 뭉기적거릴 때, 이렇게 몇 십 년을 보낼 수도 있다는 생각이 들면 아찔해진다.

게다가 하루가 다르게 변해가는 외모는 거의 공포를 준다. 사람들은 내면의 호기심과 발랄함을 보지 않고, 나이 들어가는 어른으로만 나를 대접한다. 나는 여전히 독특함을 사랑하고 모험에 끌리는 '젊은이'의 속성을 가지고 있는데, 열외로 제쳐놓는 노땅 대접을 받으면 어리둥절하다. 이 어리둥절함은 곤혹스러움을 지나 상처가 되고, 다시 나를 규정하게 된다. 다른 사람들의 시선을 받아들여 나조차 내 안의 뜨거움을 믿지 못하게 될 때, 그때부터 사람은 늙기 시작하는 것이리라.

세상은 하루가 다르게 달라지는데 구태의연한 연령주의를 받아들여 지레 늙어가느니, 행동을 통해 연령주의를 무색하게 만드는 것은 어떨까. 마음속 깊이 숨어 있는 소망을 끄집어내 한 발이라도 시도해보는 거다. 혼자 떠나는 배낭여행일 수도 있고, 아예 외국에 눌러앉아 2~3년 살아볼 수도 있다. 대학원에 진학하거나 자신의 이름으로 된 책을 한 권 갖는 것일 수도 있다. 자전거나 탱고를 배우는 것은 어떤가. 잠자고 있는 꿈을 흔들어 깨워라. 나는 내가 원하는 것을 할 수 있다고 끊임없이 자기최면을 걸어라. 꿈이 부화하여 날개를 달아가는 과정을 만끽하라. 남은 시간에 꼭 하지 않으면 안 되겠다고 생각되는 그것을 따라가라. 의미 있는 꿈을 향해 첫발을 떼는 것, 그것이 모험이다.

"끝까지 가세요 엄마,
이건 엄마의 시간이니까요"

클레어 페제스라는 여성이 있다. 그녀가 5차례에 걸쳐 에스키모인과 생활한 경험을 직접 그림을 그리며 책으로 쓰는 과정은 감동적이다.

"페어뱅크스로 돌아와 나는 석 달 동안 미친 듯이 그림을 그렸고 체중이 4~5킬로그램이나 빠졌다. 그림 그리기는 성스런 행위가 되었다. 나는 목적이 있는 삶을 살기 시작했다.

그저 환경이 내 나날을 마음대로 조종하게 내버려두는 것이 아니라, 나의 길을 나 스스로 선택하게 되었다. 나는 새로운 페르소나를 가지고 등장했고 예술적으로 새롭게 탄생했으며 나만의 목소리를 찾았다. 내 안에 막혀 있던 온갖 불길이 화염으로 불타오르기 시작했고, 나는 단 한 번의 머뭇거림도 없이 확신에 차서 그림을 그렸다."

이렇게 해서 펴낸 책 『노아택의 사람들』은 28년 후에 고전으로 인정받아 에스키모 고등학생들의 교재로 채택되었다고 한다. 우리나라에는 아직 출간되지 않은 책이지만, 그녀의 생생한 목소리는 우리가 지향해야 할 하나의 정점을 보여준다.

클레어 페제스뿐만 아니라 모든 중년 여성에게는 분명 이처럼 폭발적인 에너지가 있다. 그것을 점화시킬 수만 있다면 누구나 클레어 페제스처럼 불꽃 같은 삶을 살 수 있을 것이다. 가장 중요한 것은 나의 마음을 설레게 하는 그것을 기꺼이 따라가는 일이다. 운명을 향해 설레는 마음으로 첫발을 떼는 것이다. 꿈을 꼭 이룰 수 있다고 믿자. 생각해보라. 어찌 불가능한 꿈을 꾸지 않으면 어떻게 불가능한 꿈을 이룰 수 있겠는가.

셰릴 자비스의 『결혼한 여자 혼자 떠나는 여행』은 우선 작은 시도부터 해보려는 여성들에게 아주 유용하다. 그녀는 아무리 사랑하는 남편과 가정이 있다 해도 때로는 여자 혼자 떠날 필요가 있다고 주장한다.

이름 하여 '결혼안식년'! 누가 봐도 환상적일 정도로 결혼생활을 하고 있는 저자는 "나는 남편을 그리워할 필요가 있었다"는 행복한 투정으로 시작해서 훌륭한 변화모델을 제시하고 있다.

결혼에도 새로운 내러티브가 필요하다고 그녀는 말한다. 우리 자신보다 더 빠르게 변화하는 사회 속에서, 평생 한 사람과 함께하는 결혼을 유지하기가 점점 힘들어지기 때문이다. 이에 대한 저자의 대안은 '결혼안식년'이다. 사랑하는 이들에게 한없이 지속적으로 쏟아부었던 것과 똑같은 에너지와 시간과 돈과 보살핌을 단 한 번이라도 자기 자신에게 쏟아보자는 것이다. 그럼으로써 자신의 독립성과 창조력을 깨닫고 거듭나자는 것이다.

이를 위해 저자는 결혼생활 중에 혼자 떠나본 적이 있는 55명의 여성을 인터뷰했다. 결혼안식년을 갖고 돌아온 주부가 얻은 것은 많다. 가족들과 떨어져 있는 동안 의외의 독립성을 깨달음으로써, 아내의 부재 사이 의외의 의존성을 깨달은 남편과 행복한 균형에 도달한 경우가 많다. 개인적 성숙을 통해 주변 사람들까지 풍요롭게 만든 것이다. 물론 이 여행이 빌미가 되어 헤어지게 된 경우도 있다. 그러나 이때의 헤어짐은 역경이 아니라 성장이다. 모든 성장은 변화를 뜻하기 때문이다.

이 책은 어찌나 섬세하고 구체적인지 누군가 옆에서 조곤조곤 이야기를 들려주는 것 같다. 겨우 두 달간 집을 떠나 있겠다는 말을 꺼내기 위해 여자들이 얼마나 이것저것 신경을 쓰는지, 얼마나 시시콜콜한 일까지 다 준비해놓고 가는지 자세하게 다 나와 있다. 공허하거나 관념적인 대목이 한 군데도 없으며, 실제적이고 심층적인 사례와 심리묘사가 출중하다. 주변에서 의논할 만한 사람을 구하기 어려울 때 이런 책이 있다면 커다란 도움이 될 것이다. 이 책은 어떤 친구보다 더 포근하게 나의 두려움을 품어주고, 어떤 스승보다 더 강력하게 내 궁금증을 풀어주었다.

자기만의 여행을 통해 많은 여성들이 '잠자는 숲 속의 공주'에서 깨어났다. 잠에서 깨어나고 보니 쉰 살이더라는 말이 성립하는 것은, 중년에 이르면 여성의 주체성과 창조성에 대한 욕구가 극에 다

다르기 때문이다. 융의 말처럼, 우리는 인생의 오후에도 인생의 아침 시간표를 그대로 따를 수는 없다. 이제 더 이상 뭔가 외부적인 일이 일어나 우리의 삶을 바꿔주기를 기다려서는 안 된다. 우리 자신의 목소리에 귀 기울여야 하며 자신의 실현에 대해 스스로 책임져야만 한다.

이제까지 여자는 자신을 필요로 하는 사람들에게 자신의 시간과 노력을 찔끔찔끔 흘려주느라, 주전자에 물이 가득 찰 수 있는 여유와 평화를 허락받지 못했다. 인생의 숙제를 어지간히 마친 중년이라면 이제 자신만을 위한 시간과 공간을 찾아 떠날 때이다.

떠나기 좋은 때란 없다. 자신의 마음에 절실함이 가득 찼을 때, 그때가 바로 떠나기에 가장 좋은 때이다. 갖가지 장애물이 자신을 가로막는다고 느껴진다면 셰릴 자비스의 아들이 그녀에게 건넸다는 편지를 떠올려보자. 이 편지의 내용을 나 자신이 직접 받은 것처럼 내면화해보자.

"엄마 제 걱정은 하실 필요 없다는 말씀을 드립니다. 지금은 그냥 엄마 자신만을 걱정하시면 됩니다. 엄마는 엄마의 미래를 계획하는 설계사이고, 지금 막 엄마의 꿈을 살기 시작했으니까요. 이 시간은 엄마가 벌은 것이고, 또 받아 마땅한 시간입니다. 그래서 언젠가 제 인생에 영원히 큰 자국을 남길 결정을 막 실천에 옮기려 할 때 친한 친구가 저한테 해준 충고를 전해드리려고 해요.

끝까지 가세요, 엄마. 엄마가 해야만 하고, 할 필요가 있고, 하고 싶고, 하기를 희망하는 것을 모두 해버리세요. 어떤 욕망도 채우지 못한 채 마음속에 남겨두지 마세요. 이건 엄마의 시간이니까요. 엄마 사랑해요."

중년은 여러 모로

글쓰기와 아주 잘 어울린다.

글쓰기처럼 따뜻하고 강력하고

진입장벽이 낮으면서도,

대다수 사람들에게 요긴한 표현방법이

어디 또 있으면 나와보라고 하라.

나는 진심으로 모든 사람이

글쓰기와 친해지기를 바란다.

스티븐 킹의 말처럼 글쓰기를 통해 살아남고,

이겨내고, 일어서기 바란다.

행복해지기를 바란다.

글쓰기의 힘

2년 전쯤의 일이다. 전화가 울리기에 무심히 받았더니 검찰청인데, 출두하라는 요구에 내가 불응하였으므로 2차 소환을 한다는 녹음 메시지가 들린다. 자세한 사항을 알고 싶으면 상담원과 연결하란다. 놀라서 상담원 연결 버튼을 눌렀다. 내 이름과 주민등록번호를 받아 적더니, 사기단에서 내 신용카드를 도용했다며, 담당직원이 들어오면 연락해준다고 핸드폰 번호를 대란다. '017…'까지 말하는 순간 '아차! 사기전화로구나' 하는 생각이 들어 얼른 전화를 끊었다. 이른바 보이스피싱이었는데 그때만 해도 요즘처럼 만연하기 전이라 감쪽같이 속아 넘어갈 뻔했던 것이다.

전화를 끊고 나서도 한참 동안 기분이 나쁘고 불안했다. 어수선한 마음을 달래며 서성거리다가 무엇엔가 집중하면 괜찮아질 것 같아 컴퓨터 앞에 앉았다. 머릿속에 얼개를 잡아두었던 글을 빠른 속도로 써내려갔다. 다행히 막히지도 않고 한달음에 글이 풀려주었다. 그러고는 자주 가는 사이트에 글을 올렸다. 불과 10여 분간, 다른 생각을 하지 않고 몰입하는 사이에 기분이 한결 나아졌다. 내 글에 따뜻한 공감을 보여준 댓글들이 그날따라 유독 감동적으로 느껴졌다. 나는 그날의 경험이 두고두고 신기했다. 글쓰기에 마음을 위로하는 기능이 있는 것은 알고 있었지만 그처럼 신속하고 강력하기까지 한 줄은 처음 알았던 것이다.

'글은 손으로 하는 생각'이라는 말이 있다. 처음에는 글로 쓸 것이 하나도 없을 것 같아도, 막상 쓰기 시작하면 계속 쓸 것이 생각난다. 생각이 생각을 불러오듯이 글도 글을 불러오는 것이다. 또 글로 쓰다 보면 생각이 정리된다. 무언가 혼란스러운 상태에서 글을 쓰기 시작했다고 치자. 내 경우에는 A4 용지로 한 장 정도 글을 쓰다 보면, 내 문제가 무엇이고, 그 문제를 해결하기 위해 지금 무엇을 해야 하는지가 명확해진다. 글쓰기는 신통하게도 산책과 많이 닮았다. 컨디션이 좋지 않거나 고민거리가 있을 때 걷기 시작하면, 한 시간 이내에 기분이 밝아진다. 문제를 전체로 껴안고 힘들어하는 것이 아니라, 공략 가능한 크기로 잘게 나눌 수 있게 된다. 그러면 지금 시점에서 내가 할 일이 떠오르면서, 할 수 있는 일은 하고 할 수 없는 일은 떠나보내자는 담담한 마음이 된다.

글쓰기는 가장 직접적으로 자기 자신을 노출시키는 표현방법이다. 회화, 음악, 무용, 영화 등 다른 예술 장르에 비해 직접적으로 개인적인 사고와 감성을 노출시킨다. 뿐만 아니라 글쓰기는 모든 예술 장르의 기본이기도 하다. 어떤 예술이든지 말을 가지고 구상하고, 정리하고, 공유하고, 유포하고, 평가해야 하는데, 글은 말과 떼려야 뗄 수 없는 관계이기 때문이다. 그래서 회화나 음악, 영화를 하는 전문가 중에서도 글쓰기를 병행하는 사람들이 많다.

나는 이제 겨우 첫 책을 쓰고 있는 초보 저자이지만, 글쓰기의 소중함과 강력함을 잘 알고 있다. 인간에게 자기표현 본능이 절대로 놓을 수 없는 것이라면, 글쓰기 또한 가장 오래 살아남을 표현도구라고 생각한다. 그런데 대다수의 사람들은 학교에서 글쓰기에 대한 적절한 동기유발과 훈련을 받지 못했다. 거꾸로 학교에서 글쓰기에 대한 오해와 거부감을 갖게 되지 않았으면 다행이다. 어린 시절 방학 동안에 부여된 일기나 갖가지 제목으로 강요되던 글짓기 숙제를 생각해보라. 어쩌면 초등학교 선생님들도 글쓰기에 대한 훈련을 받지 못했을지도 모른다. 자신들조차 글쓰기에 대한 두려움을 갖고 있는 사람들이 학생들에게 글쓰기를 잘 가르칠 수 없었던 것은 당연하다.

그러나 요즘 우리는 글쓰기가 아주 중요해진 시대에 살고 있다. 이메일이나 보고서를 써야 할 기회가 대폭 늘어났으며, 개인 홈페이지나 블로그의 확대에 의해 전 국민의 기자화가 진행되고 있는 실정이다. 지식과 정보가 폭발적으로 증가하는 학습사회에서는 누구도 글쓰기에서 자유롭지 못하다. 직장에서 살아남기 위해서나, 유능한 사회인이 되기 위해 습득해야 할 지식이 넘쳐나는데 이것을 쓸 만한 정보로 갈무리하는 것이 글쓰기이기 때문이다. 다치바나 다카시가 간략하게 잘 표현했듯이, "이제 도처에서 고등교육을 접할 수 있는 '고등교육 유비쿼터스 시대'로 접어들었다. 그러나 일반 대학에 짜여진 커리큘럼이 있다면 유비쿼터스 대학에서는 교양을 스스로 찾아 획득해야 한다. 그렇지 않으면 낙오자가 될 수밖에 없다. 그리고 이러한 교양을 획득하는 과정에서 조사하고 문서를 작성할 수 있는 글쓰기의 힘은 더욱 필요하다."

삶이 주는
최고의 학위 '책 쓰기'

우리 중년에게도 글쓰기는 아주 각별하다. 인생을 어지간히 겪어본 중년에는 더 이상 새로울 것이 없다. 이제 삶에 대해 모르는 것이 없고 궁금한 것도 없어 시들하기 짝이 없다. 모든 것이 변하고 사라진다는 것을 알게 되었으므로 새로운 것에 다시 몰입하기도 쉽지 않다. 그런가 하면 이제껏 무엇을 하고 살아왔는지, 앞으로 남은 세월에 무엇을 할 수 있을지 근본적인 질문이 휘몰아친다. 내가 진정으로 원하는 것이 무엇인지, 가족과 친구와 일은 이대로도 좋은지, 과연 이것이 삶의 전부인지 질문은 끝이 없다. 중년은 사춘기 못지않은 혼란과 격동의 시기이다.

따라서 중년에는 그 어느 시기보다 삶의 의미가 필요해지는데, 권태와 무의미와 혼돈으로 뒤범벅된 일상에서 의미를 캐낼 수 있도록 도와주는 방법 중 하나가 바로 글쓰기다. 글쓰기는 '내 마음'을 헤집어 '내 생각'을 이끌어내는 행위이기 때문에, 실낱같은 가능성이라도 찾아내준다. 중년은 인생에 대해 할 말이 아주 많은 시기이다. 언제고 더 좋은 시절이 오리라 생각하며 살았는데 그것이 헛된 기대였다는 것을 깨닫고 난 두려움과 회한, 지나간 것에 대한 그리움과 아쉬움, 살면서 깨달은 것을 후진들에게 들려주고 싶은 애틋함 등이 모조리 글감이다. 중년은 여러 모로 글쓰기와 아주 잘 어울린다. 글쓰기처럼 따뜻하고 강력하고 진입장벽이 낮으면서도, 대다수 사람들에게 요긴한 표현방법이 있으면 어디 나와보라고 하라. 나는 진심으로 모든 사람이 글쓰기와 친해지기를 바란다. 스티븐 킹의 말처럼 글쓰기를 통해 살아남고, 이겨내고, 일어서기 바란다. 행복해지기를 바란다.

나는 내게 일어난 모든 사건과 감정을 글로 남긴다. 성장한 아이들이 빠른 속도로 내게서 독립해가는 것을 느낄 때, 전혀 근거 없는 오해를 받았을 때, 모든 의미가 사라지고 혼자 고립된 듯한 '일시적 공황' 상태에 빠질 때 나는 어김없이 글을 쓴다. 글로 쓰면서 나의 슬픔과 불안과 분노를 다 표출하고 나면, 그 감정을 내려놓을 수 있게 된다. 나의 단점이나 실수를 인정할 수 있게 되므로, 다른 사람에 대한 원망에서도 벗어날 수 있다. 나 자신과의 소통이 한층 수월해지고 좀 더 단단해진 나를 느낀다. 글쓰기는 나를 보살피고 발전시키는 최고의 방법이다. 나는 앞으로 중년세대에게 글쓰기를 소개하는 전도사로 살아갈 생각이다. 이제껏 살아오면서 내가 깨달은 것 중에 가장 소중한 것을 다른 사람들에게도 알려주고 싶다. 나아가 책쓰기도 독려하고 싶다. 책을 쓰는 일은 글쓰기의 완결판이기 때문이다. 누군가 '영화를 사랑하는 최고의 방법은 영화를 만드는 것이다'라는 말을 했듯이, 글쓰기를 가장 사랑하는 방법은 책을 쓰는 것이다.

이미 보통사람들도 책을 쓰는 시대가 도래했다. 한 분야에 정통한 전문가나 대학교수나 문장력이 뛰어난 소설가만 책을 쓰는 것이 아니라, 누구나 책을 쓰고 있다.

나는 지극히 평범한 사람들이 쓴 책을 많이 보았다. 구직 활동에 지쳐 자전거로 유럽여행을 다녀온 20대의 젊은이, 새벽에 일어나 자기계발에 힘써온 30대의 직장인, 이혼에 대한 사회의 편견을 수정하고 싶어 하는 40대의 이혼녀, 남편의 외도로 방황하다 소설을 쓰기 시작한 50대, 땅끝 마을에서 임진각까지 도보로 국토를 종단한 60대, 칠순에 생애 첫 소설집을 낸 피아니스트 등 주제와 연령대가 정말 다채롭다.

여기에 블로거들까지 가세하여 기회는 대폭 확대되었다. 블로그를 통해 이미 검증받은 저자들을 선호하는 출판계의 경향 때문인지, 파워블로거가 책을 출간하는 경우가 많아졌다. 여행과 사진, 자기계발과 요리 등 다양한 분야의 블로그 콘텐츠가 속속 책으로 출간되고 있다. ‘블룩(blook+blook)’의 비중은 점점 높아질 전망이다. 명로진이 『인디라이터』에서 말한 것처럼 ‘작가’라는 말을 듣고 ‘시인’이나 ‘소설가’를 떠올린다면, 당신은 시대감각이 부족한 사람이다. 오늘날의 작가란, 자신만의 특별한 이야기를 언어로 조직할 수 있는 사람으로 그 의미가 대폭 확대되었다.

지금 이 책을 읽고 있는 당신도 책을 쓸 수 있다. 세상에 대고 무언가 할 말이 있는 사람이라면 자격은 충분하다. 글을 잘 쓰지 못한다고? 놀랍게도 책을 쓰는 데 있어 문장력은 그다지 중요하지 않고 한다. 나는 어떤 편집자에게서 이 말을 들었다. 문장이 조금 서툰 것은 편집자가 고쳐줄 수도 있다. 문장보다 중요한 것은 그 사람만의 경험이라는 것이다. 경험이라는 말을 스토리나 아이템, 콘셉트라는 말로 바꿀 수도 있다. 순수문학을 할 것도 아니요, 나의 이야기를 다른 사람에게 말로 전달할 수 있을 정도의 능력이면 된다. 말로 할 수 있는 것이 아니면 글로 쓰지도 말라고 하지 않았는가.

책을 쓸 만큼 아는 것이 많지 않다고? 이것도 걱정할 필요가 없다. 우선 당신이 살아온 이야기를 하면 된다. 나는 모든 사람이 자서전을 쓸 수 있고, 쓸 필요가 있다고 생각한다. 자서전은 내 삶의 기록이다. 내가 기록하지 않는다면 흔적도 없이 사라질 나의 인생을 기록하는 것은 충분히 의미가 있다. 그러니 평범한 사람일수록 자서전을 써야 한다. 자서전이라고 해서 내 이야기만 나오는 것은 아니다. 내 이야기 속에 가족과 학교와 사회의 모습이 따라 나와 공적인 기록에서 누락된 사회상을 촘촘하게 보완해준다. 그래서 자서전은 훌륭한 사회사가 되기도 한다. 자서전은 훌륭한 치유의 도구이기도 하다. 과거를 곰곰이 회상하다 보면 나와 가족에 대해 좀 더 잘 알게 된다. 비로소 부모를 이해하고 용서하게 될지도 모른다. 자기 자신을 잘 수용할 수 있게 되기도 한다.

그밖에 좀 더 잘 알고 싶은 주제가 있다면, 그 주제와 관련된 책을 찾아 읽기 시작하라. 책을 읽으며 인정할 수 있고 의미 있다고 생각되는 것들을 잘 정리해두어도 좋다. 읽다보면 생각이 다른 분야로 뻗어나가는 것을 느낄 수 있다. 그러면 새로운 분야에 대한 책을 또 찾아 읽는다. 나의 논리로 기존에 존재하던 것들과 내가 발견한 것들을 연결시킨다. 그러한 과정을 흔히 '퓨전'이라 부른다. 이런 작업을 하다 보면 어느새 한 분야의 전문가가 되어 있을지도 모른다. 만일 그 분야가 내가 처음으로 개척한 영역이라면, 나는 그 분야 최고의 전문가가 될 수도 있다. 조용헌이 '강호동양학'을 창시하고 독점하고 있거나, '정신분석작가' 하면 김형경이 떠오르는 것처럼 말이다. '마흔'이라는 키워드로 성공한 전경일이나 '게으름'의 전문가로 떠오른 문요한의 경우도 마찬가지이다. 그들은 모두 책 쓰기를 통해 자신의 존재를 세상에 알렸다. 책 쓰기는 세상에 대한 존재선언이다.

송숙희는 『당신의 책을 가져라』에서 책 쓰기가 삶이 주는 최고의 학위라고 말하고 있다. 책을 쓰게 되면 더 이상 이력서도 프로필도 필요 없어진다. 내 이름으로 된 버젓한 책 한 권이 나의 모든 것을 말해주기 때문이다. 그녀에 의하면 책 쓰기로 얻을 수 있는 것은 참으로 많다.

첫째, 해당 분야의 전문가로 인정받는다. 송숙희 역시 첫 책인 『돈이 되는 글쓰기』를 쓴 이후 기업, 대학, 관공서로부터 강연 의뢰를 받기 시작했다고 한다. 남성미용의 전도사로 통하던 태평양화학의 남용우 과장은 『남성 그루밍』이라는 책을 펴냄으로써 전문성을 확보했다. 만일 글로벌 기업에서 남성 미용제품을 한국에 들여온다면, 남 과장 같은 사람이 스카우트 영순위가 될 것은 당연하다.

둘째, 열정을 집중할 수 있다. 책을 한 권 내고 나면 그 결과와 상관없이, 책을 냈다는 사실 자체만으로 대단한 자신감과 추진력을 얻게 된다. 십수 년간 여성지 기자로 글을 쓰고, 책을 기획해온 송숙희조차 첫 책을 쓰면서, 그리고 그 이후 생각과 느낌과 삶이 판이하게 달라졌다고 한다.

셋째, 돈 한 푼 들지 않는 셀프마케팅이 가능하다. 프로골퍼 박세리와 박지은은 골프성적만으로는 막상막하이지만, 박지은이 『박지은의 프리미엄골프』라는 책을 펴냄으로써 그 균형이 깨졌다.

넷째, 삶을 업그레이드할 수 있다. 개그맨 김종석은 어린이 대상 프로그램에 출연하게 된 것을 계기로 『아빠가 놀아주면 아이는 확 달라진다』라는 책을 펴냈다. 그는 지금 서정대 유아교육과 조교수이다.

다섯째, 인생 2막을 대비하는 결정적 기술이 된다. 농협에 근무하던 조관일은 1997년에 펴낸 『서비스에 승부를 걸어라』부터 최근의 『비서처럼 하라』에 이르기까지 20여 권의 서비스, 고객만족 관련 책을 출간함으로써 이 분야의 명실상부한 전문가로 자리 잡았다. 2007년에는 '한국 HRD 대상' 명강사 부문을 수상하기도 한 그는 책 쓰기와 강연만으로 제2의 삶을 살아내는 중년의 대표적인 사례다.

이밖에도 책 한 권을 통해 자신의 이름을 세상에 알린 사람이 얼마나 많았던가. 유홍준의 『나의 문화유산 답사기』는 1권이 100만 부 판매 기록을 남기면서 인문서 시장의 백만 부 시대를 열었다. 『나의 문화유산 답사기』는 1권부터 3권까지 모두 200만 부가 팔렸다고 한다. 그가 문화재청장까지 지낼 수 있었던 데에 책의 성공이 적지않은 영향이 있었음을 부인할 사람은 없을 것이다.

자연과학자 중에서는 독보적인 대중적 인기를 누리고 있는 최재천 역시 책쓰기의 도움을 많이 받았다. 『개미제국의 발견』이라는 책을 통해 '글이 되는 자연과학자'로 소문이 난 순간, 그는 각종 매체에 단골 필자로 등장하며 사회적 입지를 굳혔다. 글쓰기 능력이 전공 분야와 결합해 시너지 효과를 일으킨 사례이다. 『화첩기행』의 김병종도 책 쓰기를 통해 폭넓은 지명도를 얻었다.

이들처럼 책 쓰기를 통해 사회적 스타가 되는 전폭적인 성공은 아닐지라도 예술, 인문, 자기계발 등 다양한 분야에 걸쳐 책 쓰기로 전문성을 인정받은 사람은 부지기수이다. 이들은 책 쓰기로 경력을 인정받아 새로운 기회를 맞이함으로써, 달라진 인생을 살고 있다. 책의 성공이 인생의 날개가 되어준 것이다. 책이 얼마나 팔렸느냐에 상관없이 책을 썼다는 사실만으로 자신감을 갖게 된다는 대목도 아주 인상적이다. 나 역시 첫 책의 원고를 마무리하는 것만으로도 그 기분을 만끽하고 있고, 주위에서도 첫 책을 쓰고 난 뒤 판이하게 달라진 사람들을 자주 보기 때문이다. 그들은 완연하게 자신감이 늘고 훨씬 주도적이 되었다. 그것은 책의 성공 여부와는 관계가 없었다.

누구나 첫 책을 쓰는 데 큰 도움이 될 만한 책이 있다. 오병곤과 홍승완의 공저 『내 인생의 첫 책쓰기』는 '1인 1책 시대'로 가기 위한 발판이다. 이 책의 도움을 받아 도움닫기를 하면 누구나 책을 쓸 수 있다. 이 책이 특별히 훌륭해서가 아니라, 저자들 자신이 평범한 직장인으로 책을 쓰기 시작한 사람들로서 그 누구보다 이 책의 주제를 잘 보여주고 있기 때문이다. 저자들의 살아 있는 경험이 녹아 있으므로, 같은 길을 가고자 하는 사람들에게 최고의 안내서가 되는 것이다. 책을 쓴다는 것은 바로 이런 것이다. 문장력이나 학식이 뛰어난 사람들이 아니라, 비슷한 상황에 있는 누군가에게 도움이 될 만한 경험을 가진 사람이 책을 쓰는 것이다.

내 친구 중 하나는 오래전에 남편의 외도를 겪으며 너무 막막했을 때, 서점에 가서 비슷한 상황에 대한 책이 있는지부터 뒤졌다고 한다. 자존심이 강해 다른 사람에게 의논하지도 못하고 책에서나마 도움을 얻고 싶었던 것이다. 친구는 그 이야기를 10년이나 지난 뒤에야 내게 들려주었다. 어떤 작가는 이혼을 하고 나니, 이제 이혼에 대해서 책을 쓸 수 있겠구나 하는 심정이 되었다고 한다. 젊어서는 일본 대중문화에 대한 글을 많이 쓰던 김지룡은 두 아이의 아빠가 되면서 자녀교육 전문가로 변신했다. 아이들과 재미있게 놀던 경험이 직업이 된 것이다. 나의 경험은 내게는 너무 익숙해서 별것 아닌 것처럼 생각될 수도 있다. 하지만 그 상황에 처음 접하는 사람에게는 꼭 필요한 이야기가 될 수도 있다. 통계와 분석으로 일관된 딱딱한 이론서가 아니라, 진솔한 경험에서 나온 책이면 더더욱 그렇다. 내 경험과 관심을 샅샅이 뒤지고 발전시켜볼 필요가 있다. 우리는 모두 내 인생의 작가가 아닌가.

중년이라면, 그대여 책을 쓰라! 당신도 쓸 수 있다. 몇 십 년간 직간접의 체험을 하며 살아온 당신만의 이야기가 있고, 삶이 이 정도는 되어야 하지 않겠느냐는 당신만의 시각이 있기 때문이다. 여기에 세상에 내 이야기를 풀어놓고 싶다는 열망과 한번은 내가 원하는 삶을 살고 싶다는 절실함까지 있다면 금상첨화이다. 책을 쓰라! 그것은 자기를 찾는 당신이 거부할 수 없는 신탁이요, 평생학습시대의 새로운 십계명이다.

제4장

삶과 사랑에 빠지다

'나다움'과 '너다움'의 경계를 유지해야만

역설적으로 소통이 가능하다.

한결같은 사귐이란 불가능한 것이다.

사랑은 동적이다.

마치 물같이 조류의 흐름이 있다.

그것이 우정이든 사랑이든

우리가 누군가를 사랑할 때는

언제나 같은 농도로 사랑하는 게 아니다.

성숙한 관계에는 역동성이 있다.

관계의 성공이 인생의 성공

관계에 눈뜨다

조영남이 쓴 『어느날 사랑이』를 읽다가 인상적인 부분이 있었다. 바로 15년 결혼생활을 청산하는 장면이었다. 당시 40대 초반의 조영남은 졸업반 여대생과 사랑에 빠졌고, 이것이 빌미가 되어 결국 이혼을 하기에 이른다. 그런데 그토록 가슴 떨리고 아름답게 보이던 여대생이, 아내와 이혼하기로 결정한 순간 조금도 예쁘지 않더라는 것이다.

물론 그 심정이 이해가 간다. 사람의 마음은 변하기 마련이고, 가질 수 있는 것에는 더 이상 선망을 품지 않는다는 것도 알고 있지만,

조영남 특유의 솔직함을 통해 극명하게 드러난 인간 심리에 어리둥절할 지경이었다. 15년 결혼생활을 깨뜨린 외도의 허망함에 가슴이 저려왔다. 그토록 허약한 외도와, 그만한 외도로 무너질 결혼생활이었다면, 세상에 의미 있고 탄탄한 관계란 무엇이 있단 말인가.

나는 사람을 깊이 사귀지 못하는 편이다. 좀처럼 다른 사람과 연결되어 있다는 느낌을 갖지 못한다. 어쩌면 인간관계의 95퍼센트는 이래도 저래도 상관없는 관계들일지도 모른다. 외롭지 않으려고, 혹은 예의상, 아니면 비즈니스 차원에서 서로 우호적으로 살아가는 것일 텐데, 내게는 사교성도 비즈니스의 개념도 없다. 이처럼 어울림이 축소되면서 삶 자체가 상당히 위축되었다. 주로 혼자 놀기를 즐기다보니 관계를 통해 성장할 수 있는 여지가 차단된 것이다.

예전에는 내 관계망이 취약한 것에 대해 별로 신경을 쓰지 않고 살았다. 열 번을 만나도 만날 때마다 처음 보는 사람 같다는 평을 들으면서도 무사태평이었다. 동창들이나 동료 학원장들과의 모임도 늘 소 닭 보듯 했으니, 얼마나 정이 안 가는 사람이었을까. 변명을 해보자면 나도 어쩔 수 없었다. 언어에 민감한 편이라 나와 다른 언어를 사용하는 사람들과의 대화에 의미를 둘 수 없었다. 워낙 자기중심적이라 마음이 움직이지 않으면 꼼짝도 할 수 없었다. 책을 읽고 끼적거리고 산책하고 느끼고 상상하는 등 혼자 놀기에 능한 것도 원인이었을 것이다. 내게는 아예 수다라는 차원이 없다 보니, 여자들의 일반적인 모임에 참여하기도 어려웠다. 해도 그만이고 안 해도 그만인 일상사를 두루 훑다가 결국에는 다른 사람에 대한 험

담으로 마무리하는 자리에는 아무래도 점수를 줄 수 없었다. 이래저래 나는 혼자였다. 지방에 살 때의 친구 몇 명을 제외하면, 3년 전 지금 살고 있는 수원으로 이사 온 후에는 속내를 이야기할 사람이 한 명도 없었다. 가끔 외로웠지만 지낼 만했고, 여전히 모임을 거부하며 살았다. 그러면서도 주변의 시선에 좌우되지 않고 사는 것이, 나답게 살아가는 것이라는 착각까지 하고 있었다.

그랬던 내가 언제부터 서서히 변한 것일까. 구본형변화경영연구소의 영향이었을까. 아니면 세월 앞에 장사가 없는 것일까. 나는 여전히 혼자 잘 놀고 여전히 모임에 잘 빠지는 불량회원이지만 분명히 나는 변했다. 가끔 이 넓은 우주 속에 혼자 팽개쳐진 듯한 고립감에 몸이 떨린다. 이것도 분명 세월의 선물이다. 언제까지나 혼자 살 수 있을 것처럼 독불장군 노릇을 하던 내가, 타인을 필요로 하고 있는 것이다. 나의 언어와 철학이 통하고 함께 시간을 보내는 작은 세상이 없다면 나는 아무것도 아니라는 사실을 깨닫게 된 것이다.

나다움을 알기 위해 타인이 필요하다

사실 총체적인 혼란이었다. 적지 않은 나이에 인디라이터가 되겠다고 준비를 하다 보니, 아무리 씩씩한 성격이라도 가끔 의기소침해지기 마련이다. 성년이 된 아이들과의 관계도 숙제였다. 자식들에게 모든 것을 올인한 친정엄마는 고달프기는 해도 정체성의 혼란은 없었을 것이다. 나는 데이트에 마음이 팔린 아들의 무심함과 내 스타일을 비판하는 딸의 눈길에 상처를 입었다. 친정엄마처럼 모든 것을 수용하며 언제까지 의연한 모성으로 남아 있을 자신이 없었다. 모성신화를 떨쳐버리지 못한 머리를 가지고, 서로 애정을 유지하면서도 내 자존심을 지킬 수 있는 관계 맺기에 혼란스러워하고 있었다.

게다가 신체적인 노화가 시작되었다. 눈꺼풀이 내려앉아 눈이 점점 작아 보였고, 볼이 늘어져 내 얼굴 같지가 않았다. 머리숱이 없어져 정수리가 훤해 보일 때면 거의 공포가 밀려왔다. '내가 늙는구나!' 말로만 듣던 노화가 시작된 것이다. 마음은 아직 30~40대라서 나이를 의식하지 않고 살다가도 거울만 보면 우울해졌다. 아직 젊다고 생각하는 나와 거울 속의 모습이 일치가 되지 않았다. 내 나이가 지역정보신문의 구인광고 어디에도 해당되지 않는다는 것을 깨닫는다거나, 무심결에 퉁명스러운 아줌마 대접을 접할 때면 경악스러웠다. 이렇게 퇴물이 되어가는 거구나. 아직 제대로 살아보지도 않은 것 같은데, 나는 그 어느 때보다 나아졌는데 살아볼 기회를 차단당한 것 같았다. 무슨 기운을 가지고 어떻게 살아야 할지 전신에 힘이 빠졌다. 내가 생각하는 나와 거울 속에 보이는 나 중에서 어느 것이 진짜인지 알 수가 없었다. 심하면 돌겠구나, 위기의식이 몰려왔다. 그때 친구들이 생각났다. 하늘 높은 줄 모르고 호기를 부리며 농촌에 드나들었으며, 소읍에서나마 내로라하는 학원 원장이었던 시절의 나를 기억하고 있는 친구들 말이다. 무슨 일을 해도 참 능숙하게 잘한다며 감탄해주고, 언젠가 일낼 것이라고 알아봐주는 시선이 필요했다. 내 지난날을 기억하고 있는 친구들이 있다면, 나의 정체성을 덜 의심해도 될 것 같았다. 나의 잠재력과 개성을 믿어주는 사람들이 있다면 후반생을 역동적으로 살아내는 것이 덜 힘겨울 것 같았다. 맙소사! 나다움을 인정하기 위해 다른 사람이 필요하다니! 나로서는 정말 충격적인 경험이었다. 나는 나의 정체성을 남에게 빚지고 있었던 것이다.

그즈음 어떤 책에서 읽은 인용구가 뒤통수를 쳤다. 알렉시스 토크빌은 『미국의 민주주의』에서 "조상을 잊고 동료를 무시함으로써 개인을 영원히 홀로 남겨두어 결국 자기 마음의 고독 속에 가둬버리게 될 것이며… 독자적인 삶을 얻을 수는 있으나 그것은 죽음보다 더 나쁜 삶이며… 개인을 홀로 남겨둠으로써 다수의 영향력 앞에 무방비 상태로 만든다"고 쓰고 있다. 이제껏 내가 '독자적'이라고 생각했던 삶이 죽음보다 더 나쁘다고? 가슴이 철렁하며 입에서 신음이 새어나왔다. 처음에는 내가 인정할 수 없는 사람에게 무심했을 뿐이지 무시한 적은 없다고 생각했다. 그런데 아니었다. 특정한 것만 좋아하는 데에는 다른 것에 대한 경멸이 숨어 있었다. 나는 그들의 존재를 인정하지 않았고 심지어 내게 손 내미는 사람들조차 거부했다. 뭔가 삶의 진수를 놓치고 산 것 같은 생각이 들었다. 무엇이 잘못되었을까. 나는 관계에 대한 책을 찾아 읽으면서, 조금씩 모임에 나가기 시작했다.

요즘은 조금씩 어울리는 재미를 알아가고 있다. 어떤 자리에서나

용건만 간단히 말하고 나면 할 말이 없던 내가, 다른 사람에게 아는 척도 하고, 너스레를 떨기도 한다. 세상 사람들이 얼마나 동의에 굶주려 있는지도 알게 되었다. 선의라는 것은 그다지 대단하지 않아도, 오랫동안 계속되지 않아도 위력이 대단하다는 것도 알게 되었다. 그저 스치는 사이라고 해도, 고립감과 고통에 빠져 있는 사람에게 한 번의 다가감이 얼마나 중요한지 알게 되었다. 어울리는 맛을 알게 되니, 관계를 회피했던 나와는 반대로 또 어떤 사람들은 관계중독인 것이 이해가 된다. 혼자 있으면 불안하고, 다른 사람의 인정이나 칭찬 없이는 존재감을 느낄 수 없는 사람들도, 관계에 다가서지 못하는 사람만큼이나 많을지도 모른다. 관계중독이나 관계회피는 관계에 대해 망상을 갖고 있다는 점에서 똑같다. 친구는 나의 모든 것을 이해하고, 내가 존경할 만한 사람이어야 한다는 식으로 과도한 의미를 부여하는 것이다. 그런 절대적인 기준을 정해놓으면, 거기에 못 미치는 사람은 눈에 들어오지도 않는다. 내가 그랬다. 늘 사람들을 판단하고 분석했다. 사소한 단점을 그 사람의 전부로 확대해석했다. 그러니 사람을 품어주고 사람과 더불어 살아간다는 의식이 있을 리 없었다.

친밀감과 독립성, 그 어려운 균형

사실 여자들은 관계에 대한 환상을 갖고 있는 수가 많다. 나와 완벽하게 어울리는 상대를 만나 완벽한 친밀감을 나누는 환상이다. 남자들은 일, 취미, 스포츠, 심지어 성(性)으로 관심이 분산되는데 여자들에게는 언제나 애정이 우선순위이다. 그러나 서로에 대해 모든 것을 공유하는 관계가 과연 행복할까? 유아 시절 어머니와 가졌던 그 완벽한 일체감을 성인기에도 기대하는 것이 가능할까? 나는 '일심동체'란 없다고 생각한다. '나다움'과 '너다움'의 경계를 유지해야 역설적으로 소통이 가능하다.

한결같은 사귐이란 불가능한 것이다. 사랑은 동적이다. 마치 물 같이 조류의 흐름이 있다. 그것이 우정이든 사랑이든 우리가 누군가를 사랑할 때는 언제나 같은 농도로 사랑하는 게 아니다. 성숙한 관계에는 역동성이 있다. 어느 한쪽이 다른 쪽을 흡수하거나, 더 이상 새로울 것이 없는 관계는 시들기 시작한다. 한 번 눈 맞았다고 혹은 결혼에 골인했다고 저절로 굴러가는 것이 아니라, 늘 새로운 국면에서 서로에 대한 도전과 응전이 출렁대고 부딪히고 다시 조절되는 관계가 오래간다는 얘기이다.

그래서 '인간(人間)'이다. 사.람.사.이. '일심동체'가 아닌 '적정한 거리'가 성숙한 관계의 요건이 된다. 관계에 대한 지나친 환상은 집착을 가져와 오히려 상대의 마음을 닫게 한다. 좋은 관계에는 균형이 있다. 가까워지고자 하는 힘이 약하다면 관계가 소멸할 것이고, 놓아주는 여유가 없이는 관계가 질식할지도 모른다. 상대가 원하고 내가 원하는 최적의 거리를 산출하고 유지하고 만족하는 능력이 성숙한 사람의 요건이다. 이런 관계의 묘미를 깨달아 다양한 관계의 변주를 즐기는 것이 필요하다. 릴케는 '당신을 결코 붙잡지 않음으로써 당신을 꼭 붙든다’ 는 명언을 남기기도 했다.

나는 서서히 자기중심에서 벗어나고 있는 중이다. 우선 사람을 판단하는 버릇에서 벗어나려고 노력하고 있다. 상대방을 있는 그대로 받아들이고 관심을 갖는 것이 나의 과제이다. 내 마음에 들면 어떻고 또 안 들면 어떻단 말인가. 누군가와 공감을 나눈다는 것은 내 기호보다 중요하다. 기호를 뒤집어라. 기호에서 벗어나 사람에게 다가가라. 사람 그 자체를 좋아하려고 애쓰라.

이제 나는 경험에 의해 승복한다. 아무도 이 세상 어딘가에 속하지 않아도 괜찮을 만큼 위대하고 강한 사람은 없다. 어딘가에 속한다는 귀속감은 단지 자신이 받아들여지고 있다는 따뜻한 감정 차원이 아니라 말 그대로 생사의 문제다. 좋은 친구를 두는 것은 단순히 영혼에 좋을 뿐만 아니라 건강에도 좋다. 우울증을 예방해주고 면역체계도 강화시켜주며 콜레스테롤 수치도 낮게 해준다. 심장질환으로 인한 사망률을 낮춰주고 스트레스 호르몬을 정상수준으로 유지시켜준다. 수명조차 늘어난다. 좋은 관계는 목숨까지 구해주는 것이다. 사람을 멀리했던 경험이 있는 만큼 나는 보다 신중하게 사람에게 다가설 수 있을 것 같다.

가장 중요한 것은 친밀감과 독립성 사이의 균형이다. 자연스럽게 다른 사람에게 의지하며 다른 사람들도 나에게 의지하도록 한다. 다른 사람에게 의지하는 것을 지나치게 경계하는 사람은, 다른 사람이 내게 의지해 오는 것도 받아들이지 못한다. 타인과 정서적으로 가까워지는 것을 두려워하기 때문이다. 성숙한 사람은 자기 세계를 살찌

우고 보존하는 노력을 계속하되, 다른 사람을 거부하지 않는다. 섬세하게 남을 배려하나 강박적으로 베풀지 않는다. 혼자 남든, 누군가를 의지하게 되든 크게 신경 쓰지 않는다. 독립적인 세계를 추구하되 폐쇄적이지 않고, 외부에 열려 있되 의존하지 않는다.

진지하고 친밀한 대화를 이끌어내기 위해서는 남의 말을 잘 들어주는 귀가 필요하다. 상대에게 진정한 관심을 갖고 내 입장에서 각색하지 않고 참견하지 않고 그저 받아들이기, 상대의 입장에 서서 감정이입을 하려는 노력이 필요하다. 그 사람의 신발을 신고 1마일을 걸어보지 않은 한 그 사람을 평가하지 말라는 말도 있지 않은가. 이것을 칼 로저스는 '성장을 촉진시키는 청취자'라고 했다.

언제 어떻게 상대에게 자신을 털어놓을지 아는 것도 경청만큼 중요하다. 자신의 이미지를 너무 중시하여 친근감을 일으킬 어떤 면도 내색하지 않는 사람에게는 아무도 다가가지 않는다. 그러나 동시에 너무 많이 열어서도 안 된다. 어머니나 참고 들어줄 만큼 편집도 안 된 기억들까지 모조리 쏟아놓는 사람은 곤란하다.

우리는 성공적이고 완성된 관계란 영원히 지속되는 관계라고 생각한다. 그러나 단지 6개월 동안 지속되었다 하더라도, 좋은 관계는 우리를 치유할 수 있다. 때로 조영남의 경우처럼 허망해 보이더라도, 관계 자체가 무의미한 것은 아니다. 어떤 사람과 함께했던 기억과 영향력은 영원히 남는 것이기 때문이다. 더 이상 필요하지 않은 관계가 될 때 관계 그 자체는 성공적으로 완성된 것이다.

수명연장시대에는

누구와 무엇을 하며 사는지가 정말 중요하다.

은퇴 이후에도 몇 십 년의 세월이 남아 있는데

혼자서는 이 시간을 오롯이 살리기가

쉽지 않기 때문이다.

따라서 누구와 살지, 무엇을 하며 놀지

고심하고 모색하는 것은

삶을 장악하기 위한 첫 번째 조건이다.

다시
마을이다

총체적인 위험사회

언젠가 아파트 엘리베이터 안에서 중년 남자가 초등학생을 폭행하는 장면이 녹화된 CCTV가 공개된 적이 있다. 남자의 우악스러운 손길에 맞서 작고 약한 여자아이가 사투를 벌였다. 초등학교 4~5학년으로 보이는 아이는 영리하고 담대했다. 그런 상황에서는 어른이라도 두려운 나머지 피동적이 되기 쉬울 텐데 그 아이는 그렇지 않았다. 아이는 있는 힘을 다해 엘리베이터 안쪽의 바를 붙들고 놓지 않았다. 한참 동안 아이를 후려치고 잡아끌던 남자가 마침내 아이의 머리채를 휘어잡고 질질 끌고 나가기 시작했다. 그때 정말 다행스럽게도 밖을 내다보던 이웃 여대생이 아이를 바짝 따라 들어오는 남자를 수상하게 여겨 다가오는 바람에 남자는 도망을 쳤다. 아이는 남자가 휘두른 커터에 다쳐서 피투성이였다고 한다.

나는 뉴스에서 이 장면을 보며 아파트까지 따라 들어온 치한의 대담함과 이제 어디에도 안전한 곳이 없다는 생각에 한숨이 나왔다. 이렇게 되기까지 기형적으로 살아왔을 그 남자의 삶도 안쓰러웠고, 자기를 끌고 가려고 커터를 휘두르는 치한에 맞서 싸우는 아이의 마음은 어땠을까 생각하니 소름이 끼쳤다. 천만다행으로 유괴 직전에 구출되었지만 그날의 기억은 또 얼마나 오랫동안 아이를 힘들게 할 것인가.

씩씩한 여대생에게도 고마운 마음이 들었다. 우연히 수상한 행각을 보았다고 하더라도 이웃의 일에 나서기가 쉽지 않기 때문이다. 나부터라도 무서워서 몸을 사리느라고 선뜻 나가볼 것 같지가 않다. 느닷없는 위험에 처해 도와달라고 소리쳐도 아무도 내다보지 않는 세상이 된 것이다.

하긴 이웃까지 갈 것도 없다. 이제 가정도 더 이상 안전한 공간이 아니다. 경제난과 우울증 때문에 자녀와 동반 자살하는 일이 잦다. 아버지가 친딸을 성폭행하는 일도 있다. 치솟는 이혼율 속에 아이들의 첫 번째 세계가 두 토막이 나기도 한다. 정상적인 가정의 모습 아래 숨겨진 폭력과 학대는 또 얼마나 많을 것인가. 부모가 불행에 처할 경우 자녀들이 고스란히 그 상황에 노출되는 것도 걱정이 된다.

조금 경우가 다르지만 연쇄살인범 강호순의 경우도 마찬가지였다. 그는 범죄 행각뿐만 아니라, 책을 써서 아들에게 인세를 물려주겠다는 발상으로도 독보적인 선례를 남기게 되었다. 그의 각별한 아들 사랑은 잔혹한 가해 심리와 대비되어 더욱 충격적이었는데, 이 경우에도 나는 그의 아들을 생각하자 가슴이 아팠다. 누군가 엄청난 충격과 무자비한 보도로부터 그 아들을 보호해주는 사람이 한 사람은 있기를 기도했다.

이처럼 총체적인 위험 사회에서는 어른이 된다 해도 안전하지 않다. 입시지옥과 '88만원 세대'의 난국을 헤치고 조직사회에 진입한다 해도 행복한 직장인의 모습을 찾아보기가 힘들다. 이건 아니다 싶으면서도 가족 부양에 대한 책임감과 안전지향에 발 묶이고, 이만하면 되었지 하는 안도와 체념 속에 그저 나이 들어갈 뿐, 자신의 삶을 장악하고 있다는 활기와 재미를 찾아보기는 쉽지 않다. 목표도 없고 희망도 없이 피폐해진 자화상을 발견하는 일, 삶의 의미를 찾지 못하여 서서히 박제처럼 굳어가는 것은 또 하나의 위험이다. 삶에 대한 확고한 방향성이나 철학 없이 명퇴라는 이름으로 거리로 내몰리는 경우를 생각해보라.

다시 마을이다

이런 생각을 하고 있어서인지 연세대 조한혜정 교수가 '마을'이라는 개념을 들고 나왔을 때 너무 반가웠다. 그녀는

'가족을 포함한 모든 종류의 공동체적 기반'이 여지없이 허물어지고 있는 사회에 대한 해결책으로 '마을'을 제시한다. 최소한의 안전망도 없는 위험 사회에서 삶과 소통의 영역이 무력화된 개인들은 갈수록 타인과 공존하는 것이 어려워지는 한편 타인과 공존하고픈 욕망과 필요는 갈수록 높아진다. 이런 상황에서 사람들의 공존 욕구를 담아낼 미래 주거가 바로 '마을'이라는 것이다.

그녀는 1984년 『또 하나의 문화』 동인 결성을 주도하여 지금까지 핵심적인 역할을 맡고 있다. 『또 하나의 문화』는 보수적이고 획일적인 사고 체계를 강요하는 전통으로부터의 자유, 제도 개선 위주의 정치적인 여성운동에 대한 대안을 추구하여 명실 공히, '또 하나의 문화'가 되었다. '제도'가 아닌 '문화', '투쟁'보다는 '연구 출판'의 기치를 내건 그들의 활동은, 새로운 대안을 찾던 많은 여성들에게 의지가 되었다. 나 역시 교육과 가족, 성과 사랑, 결혼의 의미를 다시 짚어보고, 대안적인 문화를 독려하는 『또 하나의 문화』 동인지의 애독자였다.

조한혜정은 1999년에 '하자센터'의 교장이 되어 대안교육에도 획기적인 사례를 남긴다. 그녀의 아들이 '철학적인 학교이탈자'이기도 했고, 대학 강단에서 만나는 청년들의 모습에서도 느낀 점이 많았던 것 같다. 우리 교육의 현실은 오직 2퍼센트만이 상위권에 도달할 수 있는 소모적 경쟁 궤도인데, 정작 그 2퍼센트의 대학생들조차도 행복하지 않더라는 얘기이다. 대입이 최고 목표인 고등학교 현실이나, 취업이 최고 목표인 대학 강의실 어디에도 안정과 행복은 없었다. 그녀는 1999년 어느 일간지 칼럼에 "붕괴하는 강의실에 생기를 돌게 하려고 몸과 마음이 많이 아프다"고 썼다.

그녀는 하자센터를 통해 대안학교의 새로운 모델을 세웠으며, 서울시 대안교육 센터장 역할을 맡아 산재한 대안 학교들을 연결 지원하기도 했다. 2008년에는 환경운동연합 공동대표를 맡아 그 활동 영역을 더 확장하고 있으니, 지식을 생산하고 옹호하는 데서 그치는 것이 아니라, 실천으로 지식을 견고히 하고 확장하는 '전인(全人)'의 모습이 감탄스럽다.

그녀는 타고난 '혁신가'요 '선동가적 실천가'인가 보다. 80년대에는 여성운동에서, 90년대 말부터는 대안교육에서 갖은 실험을 하며 새로운 역사를 써온 것을 보면 말이다. 그런 그녀가 이번에 주목하는 것은 '마을'이다.

그녀가 꿈꾸는 곳은 작은 학교와 공동 식탁이 있는 생기 있는 작은 마을이다. 거대한 백화점과 우뚝 솟은 관 주도적 문화 공간이 아니라, 마을 주민들이 스스로 만든 학교와 문학 카페와 식당과 소극장과 작은 진료소가 있는 타운 센터이다. 노인들이 아이들이 뛰노는 것을 보고 있으며, 수시로 물물교환이 이루어지고, 서로가 잘 알기에 함께 있음으로 안전한 마을! 근대적 거대주의에 머물고 있는 이들에게는 불가능한 일로 들리겠지만, 이미 그런 마을이 실험되고 있다고 한다.

공동육아에서 시작한 사람들이 '성미산 학교'를 세웠고, 나아가 마을을 이룬 것이다. 그곳에는 '나무 그늘'이라는 유기농 아이스크림 가게와, '동네부엌'이라는 반찬 가게와, '꿈터'라는 도제 학습식 태껸 도장이 있다고 한다. 이름만 들어도 어떤 생각을 가진 사람들이 모였는지 드러나지 않는가?

그러면서 조한혜정은 좀 더 커다란 규모의 커뮤니티에 대한 희망을 펼쳐놓고 있다. 인구 1~3만 정도의 '부족'이다. 독자로서 조한혜정에게 받은 날카롭고 이성적인 인상에 비해, 낭만적이고 아름다운 발상이다.

"이미 나는 요리를 잘하는 사람을 알고 있고, 아주 훌륭한 치과 의사를 알고 있으며, 여자를 존중하는 산부인과를 차릴 의사를 알고 있고, 마을의 터주 노릇을 해온 약사와 아이들을 즐겁게 해주는 문방구 아줌마를 알고 있으며, 할머니가 되어가니 이제는 조금씩만 일하겠다는 출판사 편집자도 알고 있다. 훌륭한 영화를 다 수집해놓은 비디오방 '둘리' 아저씨도 수소문하면 찾아낼 수 있고, 주말이면 작은 영상제를 열겠다는 친구도 알고 있다. 태양에너지 연구를 독학으로 하는 전파사 아저씨도 우리와 함께 이사할 생각이 있을 것이다. 어린이 도서관을 경영해온 동인도 있고, 여자들이 즐기는 온라인 게임을 만들면서 피시방을 운영해보겠다는 학생과도 연결이 되어 있다. 보름달이 뜨는 날이면 레이브 파티를 열 파티 기획가도 많이 알고 있고, 통과의례를 주재하는 일을 해보고 싶다는 안무가도 알고 있다.

마을 뒷산 살리기 운동을 하면서 내공을 길러온 부모도 알고 있고, 집단주의적 공동체 실험에 덴 적이 있어 여전히 겁이 나지만 이런 정도의 마을이라면 마을 한 귀퉁이에서 조용히 구경을 하면서 살고 싶다는 한 남자 지식인도 알고 있다. 일상을 영화로 만들어 보여주는 탁월한 재주를 가진 다큐멘터리 작가도 알고 있고, 아주 맛있는 빵을 만드는 부부도 알고 있다. 훌륭한 송년회를 마련할 아트 디렉터도 알고 있고, 마을의 아이들에게 철학을 가르칠 청년도 알고 있고, 화초와 텃밭 가꾸기를 귀신처럼 잘하는 할머니도 알고 있다. 자기 가구를 스스로 만들어보는 것을 도와줄 목공소 주인도 그런 마을이 생기면 곧바로 옮겨 올 생각이 있다고 하였다.

소문이 나면 벼룩시장 열기를 좋아하는 생태주의자들도 모여들 것이다. 점차 '책 읽어주는 남자' 같은 새로운 직업 아닌 직업도 생겨날 것이고, 서로가 잘하는 일을 가지고 품앗이를 해나갈 것이다. 전기 고치는 사람과 수제비를 잘 만드는 사람, 글을 잘 쓰는 사람과 화초를 잘 기르는 사람, 아이를 잘 돌보는 사람과 협상을 잘하는 사람이 서로 매니저가 되어주고 물물 교환을 하는 곳, '즉각적 화폐 경제'에 틈새를 내는 일이 바로 이곳에서 일어날 것이다.

지금은 게토에 모여 있는 예술적이고 영적인 사람들도 공동체적 사이클이 돌아가는 이런 곳이 있음을 안다면 곧장 달려올 것이다. 세계 여러 지역에서 페미니스트들도 보따리를 싸서 이주해오거나 여행을 오려 할 것이다. 높다란 담이 공공과 가정을 가로 막지 않는 곳, 하고 싶은 일 하면서 먹고사는 사람이 많은, 조미료 안 넣은 식사를 할 수 있는, 적개심 어린 어른들이 없어 아이들이 안전하게 자라는 곳, 생각만 해도 가슴 두근거리지 않는가?"

그렇다. 생각만 해도 가슴이 두근거린다. '내 아이'의 안전을 위해서는 '우리들의 아이'가 모두 안전해야 한다는 것을 깨달은 사람들이 모인 곳, 맹목의 속도와 과소비와 무의미에서 벗어난 사람들이 자신의 역사와 대면하는 곳, 주민들이 모여 마을 일을 토론하고, 마을 잔치를 준비하고, 마을 역사를 기록하느라 모두 글쟁이가 되어버린 마을! 자연과 고향과 역사같이 본질적인 것들이 복권되는 '돌봄'과 '평생학습'의 시공간! 나도 그런 곳에서 살고 싶다. 그런 곳이 있다면 그곳에 합류하고 싶고, 아니면 같은 취지를 가지고 직접 공동체를 실험해보고 싶다.

'家族'을 넘어 '加族'으로

사실 이것은 내게 아주 실제적인 문제이다. 지금보다 더 나이가 들면 누구와 함께 살 것인가 하는 아주 시급하고 중대한 문제이기 때문이다. 이것은 '그들의' 문제가 아니라 바로 '나의' 문제이다. 20대 내내 농촌활동을 하고 농사꾼과 결혼까지 했지만 끝내 '그들과의' 괴리감을 극복하지 못했다면, 이것은 한 치의 틈도 없이 밀착된 '나의' 문제이다. 그렇기 때문에 모색을 게을리할 수 없고, 한두 번 실패한다 해도 외면할 수 없을 것 같다. 짬만 나면 나는 다양한 형태의 공동거주를 상상해보면서 어디서부터 어떻게 시작할 수 있을까 고심한다.

그것은 아예 거주를 같이 하는 형태일 수도 있고, 밀접한 상호작용을 하며 가까운 거리에 모여 사는 형태일 수도 있다. 개인의 독립성과 공동성이 절묘하게 조화를 이루어 존재와 관계의 균형을 이루며, 저마다 쓰일 곳에 자리함으로써 존귀함을 인정받는 공동체에 대한 상상은 내 가슴을 뛰게 한다. 나의 모든 경험과 이성과 감성과 열정이 그 길을 가리킨다. '家族'을 넘어 '加族'이 되는 일! 남은 인생 최고의 사업이 될 것 같은 예감이 든다.

다행히도 여기저기에서 다양한 실험과 사례가 눈에 띈다. 공동거주는 국내외를 막론하고 도시와 농촌, 학문과 문화를 아우르며 생활 전반에서 나타나는 하나의 징후이다.

충남 서천의 '산너울'은 귀농인만으로 이루어진 생태 산촌이다. 2008년에 36호 규모로 조성되었는데, 공동체적 삶과 전원생활을 접목시키려는 의도가 상당히 신선하다. 이곳은 조성 단계부터 서천군과 건설업체인 (주)이장과 입주자회의 간에 긴밀한 논의가 이루어졌다. 서천군은 친환경 자재와 자연에너지의 사용은 물론이요, 입주민의 부업 지원에도 적극적이다. 농업경제가 무너진 마당에 농업에만 기댈 것이 아니라 다양한 소득사업 개발이 중요하다고 본 것이다.

이 마을 입주를 신청한 한 현직 기자는 평소 구상해왔던 어린이·청소년 영어연극 학교 사업 신청서를 서천군에 제출했다. 은퇴를 앞둔 또 다른 입주자는 시골에 사는 노인들을 돌보는 '노(老)-노(老) 케어'를 해보고 싶다고 신청했다. 서천군은 이런 이들에게 적당한 지원 프로그램과 일자리를 연결해줄 계획이다. 물론 그중에는 농사를 짓겠다는 입주자도 있다.

농림부는 오는 2013년까지 전국에 전원마을을 300여 개를 조성하는 것을 목표로 농가 인구 유입 및 전원마을 조성에 적극적이다. 산너울의 사례를 잘 연구하여 동호회에서 마을을 조성하는 방안도 검토해볼 수 있겠다. 20세대가 모일 수 있다면, 10억 정도의 지원을 받아 도로, 상수도 등 기반시설을 구축할 수 있다.

제레미 리프킨의 『소유의 종말』에는 CID, 즉 '공동관심단지' 이야기가 나온다. 1996년 시점으로 미국 전체 인구의 12퍼센트에 해당하는 3천만 명이 15만 개의 CID에 살고 있다고 한다. 부동산 개발사에서 독신자, 노부부, 퇴직자, 맞벌이 부부 등 다양한 생활양식을 가진 집단을 위해, 가치관과 감수성, 라이프스타일이 엇비슷한 사람들의 네트워크를 만드는 것이다. 입주자들은 끼리끼리 모여 살면서, 출입제한과 안전보장까지 해주니 CID를 선호한다. 무소유나 생태주의 같은 철학에 기초하여 추구하던 공동체운동이 철저하게 상업화되어 제공된다고 보면 된다. 현대문명 속에서 공동체란 철학적 신조를 같이 하는 사람들끼리만 만들어가는 것이 아니라, 상업적 관계를 선택한 사람들이 돈을 주고 사는 것이 될 수도 있다는 얘기이다.

나는 CID와 생활공동체가 양자택일의 문제는 아니라고 생각한다. 이 두 가지를 양대 축으로 한 스펙트럼에 무수한 층위의 생활공동체가 존재할 수 있다고 본다. CID가 이처럼 성업한다는 것은 분명히 생활공동체에 대한 요구가 존재한다는 것이고, 언제라도 우리나라에도 파급될 수 있다는 것을 뜻한다. 그런데 CID는 잘되고 생활공동체 운동은 잘 안된다면 분명 그 요인이 있을 것이다. 그 요인을 찾아 조금이라도 자발적이고 인간적인 요소를 확충시키려는 사람들의 실험은 계속될 것이다. 공동거주에 대한 필요는 수명연장시대에 필수적인 요청이기 때문이다. 이밖에 '칼리지 링크형 커뮤니티'와 '매더 카페 플러스'라는 형태도 있다.

미국에는 '은퇴자 커뮤니티'라는 거주 형태가 발달되어 현재 2천 개가 넘는 커뮤니티가 건설되어 있다. 대부분의 커뮤니티는 골프나 테니스 같은 충실한 레저 시설이 자랑거리이다. 그러나 평생학습을 원하는 사람들은 보다 활동적이고 풍부한 지적 자극을 원했다. 이처럼 다양한 요구와 높아진 수준에 대응하여 대학과의 연계를 통한 '칼리지 링크형 시니어타운'이 등장하였다.

미국의 칼리지 링크형 은퇴자 커뮤니티로 유명한 켄달 사는 미국 북동부를 중심으로 9개의 커뮤니티를 운영하고 있다. 켄달 커뮤니티는 미국 내 또는 그 주에서 최고 수준의 대학이 아니면 연계하지 않는다. 대학과 연결하여, 혹은 대학 캠퍼스 내에 빌리지를 만든다는 것은 정말 매력적인 발상이다. 젊은 사람들이 늘 주변에 있어 활력소를 얻을 수 있으며, 대학이 지닌 교육문화자원과 시설을 모두 활용할 수 있다. 어떤 빌리지의 입주자들은 65세에서 95세까지의 연령에도 불구하고, 연간 450시간 이상 강좌를 수강하고 있다. 대학생처럼 열심히 공부하는 것이다.

'매더 카페 플러스'는 미국 시카고 북부에서 3개 지점이 성업 중인 곳이다. 이곳은 '시니어를 위한 스타벅스'이다. 식사와 다양한 프로그램, 도움이 되는 정보와 서비스를 모두 카페라는 한 장소에서 해결할 수 있는 것이 특징이다. 양질의 식사와 세련된 인테리어, 수준 높은 서비스, 컴퓨터 교실과 재즈댄스 등 40종류 이상의 커리큘럼을 갖춰 고객의 70퍼센트가 한 달에 열 번 이상 방문하고 있다.

사회학자 레이 올덴버그는 가정—제1의 장소—도 아니고, 직장—제2의 장소—도 아닌, '제3의 장소'가 사회적으로 중요한 기능을 담당하고 있다고 했는데, '매더 카페 플러스'가 시니어를 위한 '제3의 장소'로서 성공한 것이다.

벤치마킹할 사례는 외국에만 있는 것은 아니다. 우리나라에는 '공동육아 협동조합'이라는 것이 있다. '공동육아 협동조합'이란 학부모들이 출자금을 모아 어린이집 터전을 마련하고, 교육 내용과 교사 채용 등 중요한 사항을 직접 결정하는 곳이다. 1994년에 처음 시작되어 현재 70여 곳이 운영 중이라고 한다. 참여를 원하는 학부모는 기존의 협동조합에 가입하거나, 몇몇이 모여 새로 협동조합을 구성하면 된다. 50만 원 정도의 가입비가 있으며, 200~700만 원 정도의 출자금을 모아 어린이집 장소를 마련하고, 출자금은 탈퇴 시에 돌려받는다고 한다.

갈수록 대형화, 학습 위주, 몰개성, 경쟁 위주로 흘러가는 교육 풍토에 반기를 들고 모인 학부모들인 만큼, 공동육아에서는 감성과 창의성을 기르는 것이 최고의 목표이다. 오감을 키우고, 자연과 사람과 관계 맺기 연습을 하는 것이 최대의 커리큘럼이므로, 공동육아의 생활방식에는 상당히 신선한 시도가 많다.

반딧불이, 꿈틀꿈틀, 하늘땅, 열리는, 굴렁쇠, 한발 먼저, 씽씽 등 어린이집의 이름부터 상식이 터져나가는 느낌이 든다. 뿐만 아니라 이곳에서는 원생들을 '덩실', '옹골이'같이 독특한 이름으로 부르고, 교사도 '풀냄새', '아침', '바람돌이', '물길' 같은 별명으로 부른다. 어떻게 이처럼 뜻깊고 아름다운 우리말을 잘 찾아냈는지 감동스러울 정도이다.

공동육아의 최대 목표는 '관계 맺기'이다. 자연과 또래와 어른과의 관계에서 자연스럽게 나를 표현하고, 차이를 인정하며, 상생의 관계를 맺어갈 수 있는 능력을 꼬맹이 시절부터 훈련한다고 한다. 이 부분에서 감탄이 절로 나온다. 관계 맺기가 얼마나 중요한지 살아볼수록 새록새록 느끼기 때문이다. 나와의 관계를 비롯해서, 가족, 이웃, 동료, 상사, 친구, 지지집단 등과의 관계가 인생의 중추라고 해도 과언이 아닌 것이다.

자기표현과 상생의 훈련을 위해 이곳에서는 일방적으로 정해진 교육과정을 강요하는 것이 아니라, 아이들과의 대화를 통해 자연스럽게 흥미가 연결되는 주제를 탐구한다. 아이들의 호기심과 주체성을 키우기 위한 일이라면 무엇이든 한다. 들살이(야영)에서 주운 도토리로 묵을 쑤고, 목화를 심고, 황토 염색을 하고, 움집 만들기에 참여한다. 인위적으로 강요된 예절보다 자연스러운 소통이 중요하다는 생각에서 어른에게도 존대어를 강요하지 않는다. 유아교육에까지 파고든 과다 경쟁의 선험학습 속에서 양산되는 로봇 같은 아이들이 아니라, 생생하게 살아 있는 건강한 인간을 키우는 이들의 시도가 참으로 소중하다.

나는 중년을 맞은 우리가 공동육아를 벤치마킹하면 참 좋겠다고 생각한다. 진취적인 학부모가 자신의 자녀를 위해 해준 일을, 이제 나이 들어가는 우리가 우리 자신을 위해 해주는 것이다. 왜곡된 교육 풍토를 거부하고 성장의 본질을 추구하는 학부모들이 모여 공동육아라는 소중한 흐름을 만들어냈다. 그렇다면 고령사회의 선발대인 베이비부머가 '공동관심 협동조합'을 만들지 못할 이유는 무엇이란 말인가?

나이 든 사람이 점점 위축되는 이유는 활동 범위가 축소되기 때문이다. 나이가 들면 새롭게 사람을 만날 기회가 점점 없어진다. 직장이라도 그만두게 되면 사회생활이 대폭 축소된다. 사회와의 연결고리가 없어지고 영향력을 행사할 방법이 없어지면 사람이 약해지는 데는 가속도가 붙는다. 살맛나게 자존감을 유지할 수 있는 방법은 언제까지나 사회에 참여하여 자기 역할을 갖는 것이다. 개인의 권력과 부는 물질에 한정되지 않고, 건강, 지식, 다른 사람과 맺고 있는 관계, 자신이 소속된 네트워크와 소통의 언어로 말미암아 풍요로워지기 때문이다. 자크 아탈리가 "가난함이란 지금까지는 '갖지' 못한 것이었으나, 가까운 장래에는 '소속되지' 못한 것이 될 것"이라고 말한 것은 이미 현실이 되었다.

수명연장시대에는 누구와 무엇을 하며 사는지가 정말 중요하다.

은퇴 이후에도 몇 십 년의 세월이 남아 있는데 혼자서는 이 시간을 오롯이 살리기가 쉽지 않기 때문이다. 따라서 누구와 살지, 무엇을 하며 놀지 고심하고 모색하는 것은 삶을 장악하기 위한 첫 번째 조건이다. 나는 라이프스타일과 관심이 비슷한 사람을 발굴하여 네트워크를 구성하고, 의미 있는 활동을 계속해 나감으로써 내 삶의 조건을 스스로 만들고 싶다. 그럴 수 있다면 언제까지나 나는 현역이 될 수 있을 것이다.

조지 포먼이나 서명숙 씨가
대중을 위한 일을 하겠다고 계획을 세우지는
않았을 것이다. 그들은 그저 자기 인생을
열심히 살기 위해 결단하고 실행에 옮겼다.
그러나 결과적으로 그들의 성취가
사람들을 기쁘게 하고 세상을 아름답게 했다.
우리 자신을 위해 고난을 자청하는 것도
세상을 구하는 일이다.
생명력 있는 인간의 영향력이
다른 사람들에게
영혼을 부여하기 때문이다.

무언가를
만들어내는
삶

'창조'는
최고의 생존방식

　　　　　나이가 들수록 '아트'라는 단어가 가까이 다가온다. 두 가지 의미이다. 하나는 무언가 내 혼이 담긴 것을 만들어내는 본질적인 의미에서의 아트이고, 다른 하나는 내가 하는 일이 물 흐르듯 자연스럽게 녹아드는 예술적 경지로서의 의미이다.

　예전부터 나는 독특한 아름다움에 이끌렸다. 연필로 그린 그림 한 장부터, 특이한 건축물까지, 어딘가 다른 자기만의 이야기를 하고 있는 것들을 발견하면 내 가슴은 뛰었다. 그런 것을 찾아내고 향유하는 데 좀 더 몰두했더라면 좋았을 걸 그랬다. 너무나 빈약한 내 감성 창고가 민망하다. 그래도 그 가난한 감성의 촉수에 기대어 게으른 문화 소비자 생활을 마감하고, 문화의 생산자가 되기로 작정하였다. 평범하기 짝이 없는 표현력이지만 그래도 좋다. 무언가를 창조한다는 것은 좋은 일이기 때문이다.

시와 노래, 그림과 그릇, 책과 영화 무엇이 되었든 창조할 수 있다는 것은 굉장한 일이다. '나'를 표현함으로써 내 존재를 드러내고, 세상을 아름답게 꾸미는 일이기 때문이다. '창조'는 내가 생각하는 최고의 생존방식이다.

나이가 들면서 젊어서는 관심이 없던 사람들도 창조적인 행위에 관심을 보이는 수가 많다. 예술적인 삶에도 관심이 많아진다. 무슨 일을 할 때 별로 힘들이지 않아도 모든 것이 매끄럽게 흘러가는 순간이 있지 않은가. 그 일을 수행하는 데 필요한 훈련을 하고 또 해서 내면에 잠자는 것을 불러오기가 쉽기 때문이라고 한다. 자주는 아니지만 글을 쓰던 중에 그런 느낌을 받은 적이 있다. 어찌나 글이 술술 잘 써지는지 마치 누군가 옆에서 불러주는 것 같다. 어떻게 이런 비유가 떠올랐을까 싶은 표현이 나와줄 때가 있다. 이럴 때면 기분이 참 좋다. 내가 무언가를 만들어내고 있다는 만족감이 가득 차오른다.

이런 경험이 계속해서 나를 글쓰기에 붙들어놓는다. 이런 경험이 있기 때문에 반대로 머릿속이 하얗게 지워진 것처럼 아무것도 떠오르지 않는 순간도 버틸 수 있다. 쓰고 싶은 주제가 있기는 한데 무엇부터 시작해야 할지 막막할 때가 있다. 이럴 때는 한 줄의 문장을 쓰기도 어렵다. 낱말을 하나씩 쥐어짜서 바느질하듯 한 땀 한 땀을 이어나간다. 그런데 이럴 때조차 어느 순간 생각의 물꼬가 터질 때가 있다. 2~3일 밀어놓았다가 보기도 하고, 무수히 소리 내어 읽으면서 생각을 굴리다 보면 쓸 것이 생각난다. 따로따로 존재하던 것들이 연결되는 기분은 최고이다. 그래서 나는 물 흐르듯 순조롭게 풀려나가는 것만이 최고가 아니라, 반복적인 연습을 거쳐 도달하는 작은 성취 역시 커다란 기쁨이라는 것을 알게 되었다.

내 삶을 완성하면 세상도 완성된다

어떤 일에든 기꺼이 몰입하고 성취를 즐기는 사람에게는 일종의 예술적 만족감이 있다. 장인정신이 그에 속하는 것일 텐데, 내가 좀 더 정확한 표현과 좀 더 유연한 문장을 얻기 위해 수없이 고쳐나가는 것처럼, 다른 누군가는 요리나 가구를 만드는 과정에 최선을 다하고 있을 것이다. 이때 내가 무슨 일을 할 수 있다는 역량에 대한 인식, 내가 의도한 대로 잘되어나갈 때의 황홀감은 우리가 살면서 도달할 수 있는 최고의 절정 경험이 아닐까.

그래서 나는 예술가에게도 관심이 많고 예술적인 삶을 사는 사람에게도 관심이 많다. 보통은 예술가가 예술적인 삶을 살 확률이 많지만, 일반적인 직업을 가진 사람에게서도 어떤 예술 못지않은 아름다움이 엿보일 때가 있다.

45세에 세계 챔피언의 자리를 되찾은 조지 포먼도 그중 한 사람이다. 조지 포먼, 1973년 24세의 나이에 그는 세계챔피언이었다. 그러나 무하마드 알리에게 KO패를 당한 뒤, 다시 도전의 기회를 갖지 못한 채 28세에 은퇴하였다. 은퇴 후 목사가 되어 새로운 삶을 시작한 포먼은 10년 후, 우여곡절 끝에 다시 한 번 세계 헤비급 챔피언에 도전하기로 결심한다.

아무도 그에게 훈련비를 투자하지 않을 정도로 외로운 모험이었다. 심지어 시합을 하기 위해 두 번이나 청문회와 법정에 서야 했다. WBA에서 포먼의 나이를 문제 삼아 시합을 인정하지 않으려 했기 때문이다. 열한 시간에 달하는 재판을 거쳐 시합할 권리를 인정받은 그는 20년 전 무하마드 알리와 시합할 때 입었던 선수복을 입고 경기에 임한다.

상대 선수는 WBA와 IBF 세계 챔피언 타이틀을 보유한 아들뻘의 마이클 무어. 마지막 라운드가 시작되었을 때, 무어는 큰 점수차로 포먼을 이기고 있었지만, 이미 다리에 힘이 풀린 상태였다. 포먼은 오랜 숙원과 열망을 담아 상대의 귀에 왼쪽 훅을 날리고, 턱에 강력한 해머 펀치를 가격해 무어를 쓰러뜨렸다. 40세가 다 되어 복귀하는 선수가 평범할 수는 없다고, 비범해야 한다는 각오 아래, 나이보다 20년은 더 젊은 다리를 만들기 위해 노력해온 훈련의 쾌거였다. 드디어 심판이 포먼의 오른쪽 손을 번쩍 들었을 때, 장내는 열광의 도가니에 빠졌다. 모든 관중이 펄쩍펄쩍 뛰었고, 모르는 사람끼리도 서로 껴안았으며, 목이 쉬도록 소리를 질렀다. 그 장면에서 조지 포먼은 감동적인 소감을 토해놓는다.

"나는 한 장소에서 그렇게 많은 사람이 동시에 행복해하는 것을 본 적이 없습니다. 그건 완벽하게 자연스러운, 다수의 사람들이 만들어내는 기쁨의 소리였습니다. 승리는 바로 그들의 것이었습니다. 잠시지만, 그들은 완전한 자유를 맛보았고, 나는 그들에게 자유를 선사했다는 성취감이 있었습니다. 나는 그 경기를 같이 지켜보았고 또 같은 감정을 느꼈던 사람들이 공유했던 그 순간을 잊게 할 짓은 평생 결코 하지 않을 것입니다."

나는 이 글을 읽으며 나도 모르게 탄성을 질렀다. 성숙한 인격이 도달할 수 있는 최고의 행복을 묘사한 것 같아 가슴이 벅차올랐다. 조지 포먼이 챔피언을 탈환한 장면과 소감은 앞으로 내가 지향해야 할 하나의 정점이 되었다. 나도 그처럼 내 삶을 쓸 만한 이야기와 감동적인 드라마로 만들고 싶었다. 그로써 많은 사람들에게 자유와 환희를 느끼게 해주고 싶었다. 물론 나는 나를 위해 살아가지만, 내 삶을 완성하고자 애쓰는 사람은 세상을 아름답게 한다는 것을 알 것 같았다.

제주올레 이사장 서명숙 씨에게서도 같은 감동을 느낄 수 있다. 서명숙 씨는 『시사저널』과 『오마이뉴스』 등에 재직한 전직 기자이다. 어느 날 그녀에게도 인생의 하프타임이 찾아 왔다. 20년 동안이나 피 말리는 마감에 쫓기면서 피폐해질 대로 피폐해진 마음이 '더 이상 이렇게 살아서는 안 된다'는 경고음을 울려댔고, 그녀는 기어이 직장을 그만두고 걷기 시작한다. 걷기는 그녀에게 근원적인 생명력을 일깨우고 마음에 윤기를 되찾게 해주었지만 아쉽게도 길은 종종 끊어졌다. 사람은 걸을 수 없는, 자동차만을 위한 길이 더 많았다. 그녀는 온종일, 한 달 내내, 몸이 지쳐서 그만두고 싶다고 외칠 때까지 걸어보고 싶다는 열망에 사로잡혔다고 한다.

그즈음 그녀는 스페인의 산티아고에 대해 알게 되었다. 중세풍의 성당을 품고 한 방향으로만 뻗은 채 천년을 이어져온 800킬로미터의 옛 길은, 걷기에 굶주린 그녀에게 새로운 소망이 되어주었다. 그곳에 가고 싶다는 마음을 품은 지 3년 만에, 마침내 그녀는 길을 떠났다. 2006년 가을이었다. 그리고 그녀는 그곳에서 후반생을 걸 만한 일을 찾게 되었다. 내 나라에, 내 고장에, 이처럼 아름다운 길을 만들자는 사명에 접한 것이다. 만들어진 길만 길이라고 생각하던 그녀에게 그리고 우리 모두에게 그것은 실로 코페르니쿠스적인 발상의 전환이었다.

그녀는 고향 제주에 길을 만들기 시작했다. 이름 하여 '제주올레'! '올레'는 '큰 도로에서 대문까지 통하는 아주 좁은 골목길'을 뜻하는 제주도 사투리이다. 2007년 9월 8일 1코스를 개장한 이후 2009년 3월 30일에 12코스를 개장했으니 그야말로 파죽지세의 형국이다. 12코스를 개장하는 날에 2천 명이 몰렸을 정도로, 올레에 대한 사람들의 반응은 폭발적이었다. 제주올레는 충격적일 정도로 신선했고, 그만큼 파급력이 컸다.

제주올레의 일꾼들은 '안티 공구리'(콘크리트 포장이 되지 않은 길)

정신에 입각하여 본디 제주 모습에 가장 가까운 길을 찾아 제주를 샅샅이 누빈다. 올레가 사유지를 관통해야만 할 경우에는 땅 주인을 만나 제주올레의 취지를 설명하고 협조를 요청한다. 주변 환경을 정비하고, 브로슈어 '간세다리'(게으름 피는 사람)를 발간하고, 올레 사인을 부착한다. 물론 그 중심부에 서명숙 씨의 행동력과 20년 기자 생활에서 쌓은 네트워크가 있다.

제주올레를 걷고 난 뒤 사람들은 하나같이 탄성을 질렀다. 누군가는 경치 좋다는 뉴질랜드에 이민 가 살다 왔지만 이런 곳은 처음이라고 했다. 걸어서 다섯 시간 만에 오름, 바다, 돌담을 한꺼번에 볼 수 있는 곳이 또 있느냐는 것이다. 제주에 숱하게 많이 와보았지만, 그동안 제주의 겉모습만 보았지 제주의 속 모습을 본 것은 이번이 처음이라고 입을 모았다.

내 마음에 좋으면 백 사람이 좋아할 가능성이 있다고 했던가. 맘껏 걷고 싶다는 열망은 내 안에도 있었다. 이제 제주올레 덕분에 굳이 멀리 가지 않더라도, 언제고 발목이 시큰거릴 정도로 걸을 수 있게 되었다. 더구나 그 어느 곳보다 더 아름답고 풍성한 아일랜드 트래킹이다. 해외여행에 밀려 한물간 가족휴양지 신세였던 제주를 부활시킨 것도 의미 있는 일이다. 길을 만든다고 하는 상징성에, 자기 탐구와 웰빙시대의 수요를 만족시키며 애국심까지 고취시켜놓았으니 흥분하지 않을 수가 없다.

제주올레가 이만한 성공을 거둔 것은 수많은 사람들의 숨겨진 열망에 부합되었기 때문이다. 꼭 있어야 할 일, 누군가 시작했어야 할 일이 이제야 시작된 것이다. 그런 일은 한 사람이 시작하되 만인이 공감하여 호응을 하게 된다. 그 일의 혜택은 대대손손 모든 사람이 누리게 된다. 사람들 자신도 감지하지 못하고 있던 욕구를 누군가 대신 끄집어내줌으로써 미래를 열어나가는 역할을 하게 되는 것이다. 독특하고 의미 있는 삶을 지향하는 내게 제주올레는 가슴 떨리는 실험이다. 후반생에 선택한 일 중에서 가장 폭넓고 가장 상징적인 사례라고나 할까. 누군가 대다수 구성원의 염원을 대신 구현해준다면, 폭발적인 파급력과 상징성을 갖게 된다는 것을 제주올레는 보여준다.

조지 포먼이나 서명숙 씨가 대중을 위한 일을 하겠다고 계획을 세우지는 않았을 것이다. 그들은 그저 자기 인생을 열심히 살기 위해 결단하고 실행에 옮겼다. 그러나 결과적으로 그들의 성취가 사람들을 기쁘게 하고 세상을 아름답게 했다. 조셉 켐벨이 『신화의 힘』에서 우리 자신을 구하면 세상도 구원된다고 말한 것이 생각난다. 프로메테우스나 예수처럼 세상을 구하기 위해 여행을 떠나는 게 아니고, 우리 자신을 위해 고난을 자청하는 것도 세상을 구하는 일이다. 생명력 있는 인간의 영향력이 다른 사람들에게 영혼을 부여하기 때문이다.

그러니 어떻게 살 것인가. 후반생에 무엇을 할 것인가. 내 삶을 감동적인 이야기로 만듦으로써 세상을 아름답게 하는 일에 도전해볼 만하지 않은가. 너무 거창한 이야기라고 제쳐놓지 말라. 사느라고 살았는데 이것이 다인가 싶은 중년들에게 딱 알맞은 일이다. 못다 이룬 꿈이나 취미를 살려 내 삶을 풍요롭게 하는 것이 동시에 세상을 훈훈하고 살맛나게 만든다. 김동선의 『은퇴 후 희망설계』에는 잔잔한 사례들이 많이 나와 있다. 정옥자 씨는 59세에 미술대에 입학했다. 세 자녀를 기르느라 자기 인생이라곤 없었던 그녀였다. 삶의 기미를 아는 나이에 불붙은 향학열과 창작열은 그 누구보다 뜨거웠다. 그녀는 대학 내내 차석을 고수했으며, 졸업 후에는 국전에 세 번이나 입선했다. 그녀의 자녀들이 하는 말을 들으면, 내 삶을 만드는 것이 어떻게 세상을 이롭게 하는지 훤히 드러난다.

"엄마의 성적표를 보면 우리 형제들이 모두 기가 죽어요. 그렇게 좋은 성적을 받아온 자녀들이 없었으니까요. 어머니는 60대에 해외에서 전시회를 가졌습니다. 누가 엄마의 인생이 이렇게 달라지리라 상상이나 했겠습니까? 어머니를 생각할 때마다 더 열심히 살아야겠다는 각오를 다지게 돼요."

유근표 씨는 철도청에서 30년을 근무하고 2007년에 은퇴했다. 은퇴 후에 너무 무료하지 않을까 걱정했지만 쓸데없는 기우였다. 은퇴 직전 그동안 모아둔 자료를 바탕으로 『성곽답사와 국토기행』이란 책을 펴낸 것이 주효했다. 답사 동호회들로부터 강연과 답사 안내 요청이 쏟아지는 바람에 그는 직장생활을 하던 때보다 더 바쁘고 신나게 살고 있다. 8년 전 취미삼아 서울 주변 유적지를 돌아보기 시작한 데서 비롯된 일이다.

나는 이런 사례들이 눈물 나도록 고맙다. 내 생각이 틀리지 않았다는 것을 증명해주어서 고맙고, 동지라도 만난 듯 든든하다. 이런 분들과 모여서 함께 놀기도 하고 의미 있는 활동도 하고 싶다. 이분들이 보여주듯이 무언가를 시작하고 창조하는 일은 우리 중년에게 아주 잘 어울린다. 한세상 살아낸 우리들은 모두 아티스트이기 때문이다. 아티스트가 별건가? 무언가를 표현하고 창조하는 사람이지. 창조는 평균 퇴직연령 54세인 시대를 살아가는 최고의 방법이다. 생을 즐겁게 만들어가며 향유하고 싶은 사람들이 가져야 할 마법의 열쇠다.

내가 원하기만 하면 우리는 언제라도 새로운 목표를 찾고 새로운 일을 시작할 수 있다. 살면서 대단한 성공을 할 필요는 없겠지만, 주어진 삶은 충분히 누려야 하지 않겠는가. 당신이 마흔 살이든 예순 살이든 좋은 책을 골라 읽고, 좋은 음악을 감상하며, 그림을 가까이 하라. 예술과 문화를 향유하며 평범한 나날의 고독과 권태를 추방하라. 단, 계속해서 문화의 소비자로 남아 있지 말고 직접 생산자로 진화하라. 다른 사람들이 만든 것을 수용하는 데 그치지 않고, 무언가를 만들어낼 수 있다는 것은 혁명적인 전환이다. 나의 가치를 높여주고 만족감을 키워준다. 나를 주변이 아니라 중심에 서게 하며, 관망하는 것이 아니라 참여하게 하며, 수동적인 역할에서 벗어나 주도하게 만든다. 비슷한 관심을 가진 사람들과 연결되어 점점 넓은 세상으로 나아가게 해준다.

"요즘도 실력이 조금씩 향상되고 있기 때문이라네"

나는 감히 아티스트처럼 살기로 작정했다. 마음에 드는 글 한 편을 썼을 때의 기쁨이 큰 것을 보면 기본적인 자질은 있는 것 같다. 무엇인가를 만들어 세상에 내놓는 일을 하고 싶다. 그것은 한 권의 책일 수도 있고, 하나의 프로그램일 수도 있다. 내 삶 자체가 도전과 자유를 상징하는 사례가 되기를 원하기도 한다. 나의 이야기를 통해 사람들이 다시 한 번 자신을 되돌아보고, '내 꿈이 뭐였지?' 하고 자문하게 되었으면 좋겠다. 그러기 위해서는 내 삶이, 이 책을 통해 누누이 하고 있는 이야기의 증거가 되어야 할 것이다. 그럴 수 있다면 굳이 말이나 글로 떠들지 않아도 나의 존재 자체가 사람들로 하여금 오래 묵혀두었던 길을 향해 떠나는 계기가 될 것이다.

노화에 대한 사람들의 공포심은 과장되었다고 한다. 노화에 따른 뇌세포 감소량은 우리가 걱정하는 것보다 훨씬 적어서, 적절한 가지치기 정도라고 하니 말이다. 나이가 들면서 반응속도나 기억력, 숫자 감각, 정확성을 관장하는 유동 지능은 쇠퇴할지 몰라도 비교와 구분, 논리적 추론, 어휘력에 해당하는 결정 지능은 오히려 상승한다. 게다가 성숙한 성인은 성숙한 방어기제를 익힐 수도 있다. 젊어서는 단점으로 보이던 것들이 사회에 수용될 만한 태도로 변화하는 것이다. 투사는 이타주의로, 집착은 승화로, 수동적 공격성은 유머로 발전할 수 있다. 그렇기 때문에 젊을 때는 개인적이던 사람들도, 점차 가족과 공동체 나아가 인류 전체로 관심을 확대하게 된다. 젊었을 때 뛰어난 창조성을 발휘했던 수많은 70대를 면담한 미하이 칙센트미하이는 이를 증명이라도 하듯 "그들의 관심사는 보다 폭넓은 문제로 심화되었다. 그들은 정치, 인류 복지, 환경, 때로는 우주의 미래에 대해서까지 깊은 관심을 보였다"고 말하고 있다.

30대에 탁월한 육아 지침서를 집필했던 소아과 전문의 벤자민 스포크가 70대에 접어들어서는 세계 평화를 위해 일했고, 90대에는 영성에 대한 글을 쓴 것이 대표적인 사례다. 적절한 목표를 갖고 에너지를 효율적으로 관리한다면 나이가 들었다고 해서 성급한 쇠퇴를 각오할 필요는 없다. 우리는 나이 들수록 쓸 만한 사람이 될 수 있다. 계속해서 성장해나가며 언제까지나 즐겁게 삶을 향유할 수 있다. 이마누엘 칸트가 57세에 처음으로 철학에 관한 저서를 썼고, 윌 듀랜트는 83세에 역사 부분에서 퓰리처상을 수상했으며, 프랭크 로이드 라이트는 90세에 구겐하임 미술관을 설계했듯이 말이다. 파블로 카잘스가 91세의 나이에도 매일같이 꾸준히 첼로 연습을 하자 그의 제자 중 한 사람이 물었다고 한다.

"선생님은 왜 계속 연습을 하시는 겁니까?"

이에 대한 파블로 카잘스의 대답은, 수명연장시대를 살아가는 우리에게 모범답안이 아닐 수 없다.

"요즘도 실력이 조금씩 향상되고 있기 때문이라네."

이런 자세를 가지고 살아간다면 도달하지 못할 곳이 어디 있으

라. 무언가를 시작하기에 늦은 때가 어디 있으랴. 당신 안에 가장 강력한 것을 찾아 빛이 나도록 닦아라. 그것을 통해 삶을 완성하고 세상의 한 귀퉁이를 완성하라. 세상은 6일 만에 만들어지지 않았다. 세상은 계속해서 만들어지고 있다. 이 경이로운 우주에서 완성된 것은 아무것도 없다. 모든 것은 변화하고 움직인다. 그리고 당신과 나와 우리들은 이 창조의 작업에 한 가지씩 자기 역할을 맡고 있을 뿐이다. 가는 세월을 한탄하며 막연한 두려움과 무기력에 사로잡혀 있을 시간이면 충분하다. 무엇이든 10년만 몰두하면 길이 보인다지 않는가. 새롭게 도전하고 시작하지 않더라도 세월은 간다. 지금 시작하지 않는다면 10년 후에 그저 열 살 더 먹기밖에 더 하겠는가. 내가 변할 수 있다는 가능성을 믿어라. 해낼 수 있다고 굳게 믿어라. 삶은 점점 확장되는 것이다.

"결론은 하나다.

멋진 인생을 살고 싶으면

하고 싶은 일을 하며

그것으로 벌어먹고 살아야 한다.

하고 싶은 일을 하는 것이

바로 살고 싶은 인생을 사는 것이다.

만일 그럴 수 없다면,

일을 처리하는

당신만의 방식을 고안해내라."

내 삶의
역할모델

에너지 네트워크에
접속하라

　　　주위에 보면 유독 에너지가 낮은 사람들이 있다. 성실하고 선량하기는 하지만 새로운 것을 받아들이는 데 너무 인색하다. 한 이웃은 내가 조금만 실험적으로 옷을 입어도 불편해 한다. 한번은 내가 바지 위에 스카프를 둘렀더니 제발 그것 좀 풀라고 하는 식이다. 내가 나이 들수록 젊게 살겠다고 했더니, 누가 보면 발악한다고 할 것이라는 평을 남기기도 했다. 그 말을 듣는 순간 발끈하기보다 의아한 생각부터 들었다. 나와 동년배인데, 어떻게 이렇게 나이와 도전에 대한 생각이 다를 수가 있을까 싶었다. 또 다른 사람은 작가가 되고 싶다는 내 말에 글 써서 먹고살기가 얼마나 어려운 줄 아느냐고 한다. 좋아하는 저자를 직접 만나게 되었다고 흥분하는 나에게, 글과 사람은 다르니 너무 기대하지 말라고 한다. 그녀의 말은 통계적으로는 맞을지 몰라도 좋은 사고방식은 아닌 것 같다. 부정적인 결과를 예상하고 있는 사람에게 긍정적인 일이 일어날 확률은 적을 것이다.

반면에 언제 봐도 에너지가 넘치는 사람이 있다. 그 사람을 만나면 항상 반갑게 맞아주기 때문에, 내가 존귀한 사람같이 여겨진다. 상황 판단이 빨라서 중언부언하지 않고, 늘 움직일 준비가 되어 있는 그 사람을 보면 보통사람의 두 배는 사는 것 같다. 언제나 모든 사람과 모든 사안에 열려 있어서, 전방위에서 무작위로 부딪혀 나가는 모습이 매력적이다.

내가 슬럼프에 빠져 있을 때에는 에너지가 낮은 사람과 어울리는 것이 더욱 힘겹다. 혼자 헤매는 것도 힘든데, 나보다 더 처져 있는 상대를 보면 그나마 있던 기운마저 빠져버리는 기분이다. 반대로 수시로 에너지를 충전받을 수 있는 곳이 있다면 커다란 도움이 될 것이다. 나이가 들수록 에너지 네트워크와의 연결이 중요하다. 나이가 들면 의도적으로 노력하지 않는 한 사교 범위가 점점 축소되기 때문이다. 특히 연령차별주의로 포위된 사회 속에서 의욕적인 삶을 살고자 하는 중년세대에게는 서로 격려해주는 지지집단의 존재가 정말 중요하다.

운 좋게도 나는 2006년에 내 인생 최대의 에너지 네트워크인 구
본형변화경영연구소에 접속할 수 있었다. 연구소에는 계속해서 발
전해나가고자 하는 성장지향형 인물들이 모여 있다. 독서와 글쓰기
를 꾸준히 훈련하는 그들 가운데 어린이처럼 천진난만한 유희정신
이 넘친다. 나는 이곳에서 이상적인 커뮤니티의 표본을 본다. 연구
소의 핵심은 물론 변화경영전문가 구본형이다. 그의 라이프스타일
이 자유롭게 살고자 하는 모든 사람들에게 역할모델이 될 수 있다
는 생각에서 짤막하게 소개해보려고 한다.

구본형,
그의 라이프스타일

              평범한 직장인이었던 구본형은 마흔세 살에
쓴 첫 책 『익숙한 것과의 결별』이 베스트셀러가 되면서 인생에 커
다란 변화를 맞이한다. 그는 그 후로 계속해서 2년에 3권꼴로 책을
펴내며 저술가이자 강연가로 자리를 잡았다. 이것만으로도 부러운
노릇이지만, 그의 진면목은 그 이면에 있다. 그는 아주 자유로운 사
람이다. 나이와 권위로부터 자유롭다. 어떤 젊은이보다도 개방적이
어서 좋은 것을 보면 꼭 따라 하고, 재미있는 것을 보면 눈을 반짝
이며 크게 소리 내어 웃는다. 마음에 들어온 것은 연습을 거쳐 기어
이 자기 것을 만들어버리는 실험정신과 실행력이 있다.

내가 보기에 그는 쾌락주의자이다. 인생을 즐기면서 살기로 작정

한 사람 같다. 그는 인생을 잘 살려고 하지 말고 하루를 잘 살 생각을 하라고 한다. 그러다 보면 인생을 잘 살게 된다는 것이다. 육체의 단명함을 즐기기 위한 방법은 매 순간 생생하게 살아 있는 것이다. 연구원 미팅 중에 그가 잠시 눈을 감고 그 순간을 음미하는 모습을 본 적이 있다. 그는 자기 자신과 시간과 사람과 일과 놀이를 자유롭게 갖고 노는 진정한 쾌락주의자이다.

그는 아주 정열적인 사람이다. 본인도 가끔 말하는 사실이고, 그가 쓴 글에서도 그것을 느낄 수 있다. 그는 이론적으로나 실천적으로 상당히 진취적이고 열려 있는 사람이다. 이글거리는 붉은 마음을 아는 사람이다. 그런데 그 뜨거운 열정이 상식의 힘으로 잘 봉인되어 있다. 그 간극을 개인 구본형이 어떻게 갈무리하는지는 잘 모르겠으나, 내부의 뜨거움과 절대 무리수를 두지 않는 외부의 조화가 그의 스펙트럼을 넓혀준다. 열정과 합리, 이상과 현실의 균형이 돋보인다.

우리에게 알려진 구본형의 삶은 마흔세 살부터이다. 1997년, 마흔세 살의 구본형은 지리산에서 한 달 동안 포도 단식을 하고 있었다. 그는 오랜 직장생활로 불기 시작한 체중을 떨어버리고 싶었다. 삶의 태만과 관성 같은 비곗덩어리를 제거하고 새로워지고 싶었다. 어느 날 새벽 그는 너무 배가 고파서 잠에서 깨어났다. 아무런 계획도 없는 하루가 또 밝아오고 있었다. 하루하루를 낭비하고 있는 것이 부끄럽고 한심하였다. 그때 갑자기 책을 쓸 생각이 떠올랐다. 천둥처럼 할 일이 생긴 것이 기뻤다. 갑자기 그는 스스로 기획하는 세상 속으로 빨려 들어갔다. 날마다 새벽 두 시간을 자신을 위해 쓰기 시작했다. 일단 시작한 이상 그 길밖에 없는 사람처럼 집중했다. 그리고 열 달쯤 후에 첫 번째 책이 나왔다.

화려한 데뷔였다. 세상은 그의 손을 들어주었다. 그는 이후 『낯선 곳에서의 아침』과 『월드클래스를 향하여』 등 두 권의 책을 더 펴내며 신중하게 입지를 다진 후에 본격적인 프리랜서로 나섰다. 그는 2005년 삼성 SDS e캠퍼스에서 활동 중인 3천 명의 강사 중 최고의 강사로 선정되기도 했다.

많은 신문기자들이 그의 의견을 참고하여 기사를 쓴다. 그는 일주일 중 3분의 1은 생업에, 3분의 1은 가족과 함께, 그리고 나머지는 순수하게 자신을 위해 쓴다고 한다. 과도하게 일에 휘둘리기 싫어 강연 요청을 조절한다. 자신의 일과 시간을 마음대로 조직하게 된 그는 강력하게 말할 수 있게 되었다.

"결론은 하나다. 멋진 인생을 살고 싶으면 하고 싶은 일을 하며 그것으로 벌어먹고 살아야 한다. 하고 싶은 일을 하는 것이 바로 살고 싶은 인생을 사는 것이다. 만일 그럴 수 없다면, 일을 처리하는 당신만의 방식을 처리해내라."

그는 2000년에 '우리는 어제보다 아름다워지려는 사람을 돕습니다'라는 비전을 가지고 '변화경영연구소'(이하 '변경연'으로 표기)를 시작했다. 연구소는 그의 1인기업이다. 그는 '1인기업'이라는 용어를 처음으로 대중화하고 스스로 대표주자가 되었다. 그는 집에서 일한다. 더 정확하게 말하면 '그가 있는 곳'이 바로 부가가치가 창출되는 사무실이다. 강연을 하는 곳은 물론, 산책을 하다가 영감을 받는 것, 책을 읽거나 여행을 하는 것이 모두 투자인 셈이다.

가치관의 공유와 교환이 이루어지는 지식 커뮤니티

변경연을 찾는 사람들은 전적으로 그의 저서를 보고 모이는 사람들이기 때문에 상당히 비슷한 점이 많다. 이상적인 경향을 갖고 있어서, 획일화된 성공 논리와 경쟁 위주의 사회생활에 힘들어하던 사람들이 많다. 조금 다르게 살기를 원하는 사람들, 말하자면 창조적 소수자라고 불러도 좋을 사람들끼리 모였으니 서로 알아보는 기쁨이 크다.

이곳에서는 1년에 10명 정도를 선발하여 집중적인 독서와 집필 훈련을 하여 2년차에 접어들 무렵에는 자기 책을 쓰게 하는 '연구원 프로그램'이 있다. 이 프로그램을 통해 연구원들은 자신이 가진 지식 콘텐츠를 함께 나눈다. 책 쓰기라는 공통의 관심사를 가진 사람들이 서로 선의의 경쟁을 하고 지적인 자극을 주고받는 공간인 것이다. 한발 앞서 가는 연구원 동료를 볼 때면 시새움도 느끼지만 나도 할 수 있다는 다짐을 한 번 더 하게 된다.

변경연은 계속해서 진화하고 있다. 대표적인 예가 연구원들의 출간기획안을 발표하는 북페어다. 2008년부터 시작한 북페어를 통해 실제로 여러 건의 출간 계약이 이루어졌다. 연구원들의 집필 결과

물과 출판 시장이 연계가 점점 밀접해짐에 따라 변경연은 독특한
저술가 집단이 될 확률이 아주 높다.

나의 가치관과 철학이 통하는
작은 세상을 위하여

　　　　　　　　내가 생각하는 그의 가장 큰 장점은 실험정
신이다. 그는 무엇이고 깨닫자마자 실천에 옮긴다. 그는 연구소에
모이는 사람들의 동기가 오로지 '사람'에 대한 그리움이어야 한다
고 이야기한다. 어떤 의미 있는 활동도 사람 다음이라는 것이다. 그
가 말하는 '사람'이란 두루뭉수리하고 추상적인 인본주의가 아니
라, 지금 내 앞에 서 있는 '바로 그 사람'이다. "내 앞에 한 사람이
없으면 온 우주가 없는 것이나 마찬가지다." 그가 자주 하는 말처
럼, 지금 내 앞에 있는 한 사람을 받아들이는 일에 정성을 다하는
것이다.

그는 사람을 구체적이고 특수한 개인으로 대하는 방식을 테레사
수녀에게서 배웠다고 한다. 이 불세출의 수녀님은 다음과 같은 시
를 지어 마음에 품고 살았고, 실천에 옮기며 하루하루를 보냈다.

"난 결코 대중을 구원하려고 하지 않는다. 난 다만 한 사람을 바
라볼 뿐이다. 난 한 번에 단 한 사람만을 사랑할 수 있다. 한 번에
단지 한 사람만을 껴안을 수 있다. 만일 내가 그 사람 하나를 붙잡
지 않았다면 난 4만 2천명을 붙잡지 못했을 뿐이다. 당신에게도 마

찬가지다. 단지 시작하는 것이다. 한 번에 한 사람씩."

이렇게 '단 하나의 사람'을 만나서 최선의 자아를 이끌어내는 방식은 다름 아닌 '인정해주는 것'이다. 나이와 경력에 상관없이 사람들은 모두 다른 사람의 인정에 목말라 한다. 그런데 이처럼 명백한 진실을 알고 행하는 사람은 많지 않다.

"인간의 가장 원초적인 본능은 타인에게 인정받고 싶은 욕망이다. 칭찬이 중요한 역할을 하는 이유다. 칭찬하는 데 인색하지 말라. 그러나 아무 때나 칭찬하지 말라. 남발하면 가치가 떨어진다. 적절한 곳에서 적절한 방식의 칭찬이 둘을 가깝게 해준다. 기대하지 않았던 멋진 일을 만나게 되면, 감탄의 눈빛으로 한번 봐줘라. 그 눈빛이 천 마디 말보다 위력적이다. 칭찬은 말로 하는 것이 아니다. 자신의 고마움을 감동적으로 표현할 수 있는 자신만의 칭찬의 방식을 몇 개 가지고 있는 사람은 훌륭한 처세술을 가진 사람이다."

절대로 다른 사람을 판단하지 않고, 있는 그대로 포용하는 구본형의 생활철학은 그대로 연구원들에게도 퍼져나간다. 그 결과 변경연에는 굉장히 다양한 사람들이 모여 있다. 지적인 사람과 감성적인 사람, 개방적이거나 그렇지 못한 사람, 20대의 휴학생과 환갑의 역학자에 이르기까지 모든 사람이 자신의 존재를 존중받으며 제 목소리를 내고 있다. 변경연에 모이는 모든 사람들은 자신의 개별성을 인정받음으로써 자신의 삶을 일군다. 다른 사람이 아닌 '어제의 나'와 경쟁하고, 추상적인 성공이 아닌, '어제보다 아름다운 하루'를 기획한다. 사회가 정해놓은 기준을 따라 무한경쟁에 지쳤던 사람들이, 자기다움을 긍정하고 성공을 다시 정의한다. 적지 않은 나이에 흔치 않은 경험을 한 나 역시 이곳에서 고질적인 습관을 버릴 수 있었다. 내가 가진 잣대로 사람을 판단하여, 좋은 사람과 싫은 사람으로 나누는 버릇을 버리고 사람을 있는 그대로 껴안을 수 있게 되었다.

주위에 역할모델이 있다는 것은 중요한 일이다. 그 사람처럼 살고 싶다는 부러움과 시새움에 어지간한 좌절은 물리칠 수 있다. 우왕좌왕 시간낭비하지 않고 죽 걸어가기만 하면 된다. 역할모델의 소소한 디테일들은 내가 원하는 삶을 만들어가는 과정에 충분한 매뉴얼이 된다. 그가 말하는 대로, '나의 가치관과 철학이 통하는 작은 세상이 없이는 삶이 무슨 의미가 있느냐'는 생각을 깊이 하게 만든다. 그처럼 있는 힘을 다 해 내가 원하는 삶을 만들어가고 싶다.

나에게 늘어난 것은
삶이지 늙음이 아닙니다

이 책의 주제를 마음에 품고 지낸 지는 1년이 좀 넘었습니다. 2008년 내내 블로그(http://mitan.tistory.com)에 '한명석의 Second life'라는 타이틀로 조각글을 쓴 것이 90편쯤 될 무렵 출간 계약이 이루어졌습니다. 2009년 2월의 일이었지요. 그런데 그토록 염원하던 단행본 출간 계약을 한 직후부터 지독한 슬럼프가 이어졌습니다. 그동안 이 주제와 관련해 접할 수 있는 책은 모두 읽었고, 씨앗 글을 많이 써둔 만큼 수월한 작업일 줄 알았는데 어림도 없었습니다. 머릿속이 포맷이라도 된 듯 단 한 줄의 글도 쓸 수 없는 기간이 한 달이나 지속되었습니다. 내게 글로 쓸 만한 것이 하나도 남아 있지 않은 허탈함은 불가항력이었습니다.

그렇게 3월을 맞이했고, 천만다행으로 컨디션이 정상으로 돌아와 이후에는 적절한 속도로 원고 쓰기가 이어졌습니다. 이 책을 쓰는 동안 두 가지 인상적인 경험을 했습니다. 하나는 내가 쓴 원고를 내가 읽으면서 다시 한 번 원기를 충전 받은 것입니다. 초고를 고치기 위해 열 번 스무 번 읽는 동안 나는 수없이 격려받아 더욱 단단해졌습니다. 내가 깨달은 것을 다른 사람들에게도 알려주고 싶다는 욕구에 가슴이 떨릴 지경이었습니다.

다른 하나는 '어렵게 글을 써내려가는 맛'을 알게 된 것입니다. 예전의 나는 주로 어쩌다가 영감이 떠오르면 그때그때 즉흥적으로 글을 쓰는 편이었습니다. 짧은 글이긴 했지만 한번 느낌이 오면 거침없이 써내려가는 것을 즐겼고, 글은 그렇게 쓰는 것인 줄로만 알았습니다. 그런데 이 책을 쓰는 동안 더러 쓰고 싶은 주제는 있는데 시작 문장조차 쓰지 못하고 앉아 있는 사태에 직면하곤 했습니다. 완결성 있는 단행본을 염두에 두고 내용을 구성하다 보니 구석구석 모든 주제에 대해 충만한 영감을 받을 수는 없는 노릇이었던 거지요.

그런데 그렇게 쓰는 글도 아주 맛있었습니다. 자료를 뒤지고, 도움이 될 만한 책을 읽고, 적합한 인용구를 고르면서 차츰 완성되는 글을 보는 재미가 쏠쏠했습니다. 이제 어떤 주제의 글감을 받아도 겁이 나지 않을 것 같습니다. 무엇이 되었든 글을 완성시킬 수 있다는 자신감이 생긴 거지요. 그러니 이 책을 쓰는 넉 달 동안 나는 성큼 자란 셈입니다.

인생이 참 길어졌습니다. 별별 시행착오를 다 겪었는데도 아직도 고쳐 살아볼 시간이 남아 있는 것이 참 신기합니다. 그런데 이 길어진 시간에 할 일이 없다면 그것 또한 고역이겠다 싶습니다. 나는 대학생 자녀 둘과 살고 있는데, 아이들이 대학을 졸업하면 따로 지낼 계획입니다. 내 키를 훌쩍 넘은 아이들을 계속해서 돌볼 이유가 없고, 각자 독립에의 의지를 가진 성인들이 그토록 긴 세월을 함께 산다는 것이 쉽지 않다고 생각하니까요. 그러니 나는 갈수록 시간이 많아질 것입니다.

다시 혼자가 된다고 생각하니 기분이 이상합니다. 전반생을 살아낸 것이 마치 한바탕 꿈을 꾼 것처럼 아득합니다. 인생의 숙제를 어느 정도 해낸 듯 아주 홀가분하고 자유로운가 하면, 절대고독이 이런 것이려나 싶게 쓸쓸하기도 합니다. 그래도 지금 이 시간이 결코 나쁘지 않습니다. 아무것도 모르고 엄벙덤벙 거쳐온 전반생에 비해, 모든 것을 주도하고 음미할 수 있을 것 같아서요. 생각하면 얼마나 귀한 시간인지요. 내게 할당된 시간을 하루하루 지워나가는 기분입니다. 이 금싸라기 같은 시간을 나는 아주 실험적으로 보내려고 합니다.

본문에서도 거론한 바 있는 세 가지 문제에 다양한 방법으로 접근해보고 싶습니다. 누구와 함께 살 것인가 하는 공동거주에 대한 실험, 무엇을 하며 놀 것인가 하는 '호모 루덴스'로서의 탐구, 무엇을 하며 먹고살 것인가, 즉 50대에 전문가가 되기 위한 도전 같은 것들입니다. 이것들에 대한 탐구는 나의 삶이자 앞으로 내가 쓰고자 하는 책의 주제가 될 것입니다.

나는 좋은 삶이란 끊임없이 창조하고 성장해나가는 것이라고 생각합니다. 창조라고 해서 반드시 대단할 것도 없고, 반찬 한 가지를 다르게 해보는 마음, 조금 다른 스타일에 대한 시도, 안 가본 길로 가보는 탐구심 같은 것도 다 여기에 속한다고 생각합니다. 내 삶을 더 충만하게 살고자 하는 활기가 자연스럽게 주변으로 번져나가 세상을 완성하는 에너지가 되는 것! 이것이 나의 꿈입니다.

이 책을 쓰면서 아쉬웠던 것이 딱 하나 있습니다. 책의 주된 내용들이 그랬으면 좋겠다는 현재의 희망사항이나 그래야 한다는 당위적인 선언이었지, 나의 경험을 통해 입증된 것이 많지 않다는 점입니다. 언제고 이 책의 주장들이 모두 사실이었다고 경험을 통해 말할 수 있는 시기가 내게도 찾아오기를 바랍니다. 그리고 이 책에 공감하는 여러분에게도 성장하고 성취해나가는 시간이 찾아오기를 바랍니다.